EL EXPEDIENTE
GLASSER

VIOLETA BALIÁN

EL EXPEDIENTE GLASSER

ISBN: 978-1-61370-023-5

Primera Edición: Editorial Dunken, Buenos Aires, 2012
Segunda Edición: Eriginal Books, Miami, 2013
Tercera Edición: Eriginal Books, Miami, 2015
www.eriginalbooks.com
www.eriginalbooks.net
e-mail autora: violetabalian@gmail.com

Impreso en Estados Unidos de América.

A la memoria de mi madre, Ella
C. M. Schmidt-Röhrbeck

"Adéntrate en ti mismo, digiere lo que viste, húndete en el mutismo de tu mundo interior, y recobra, si puedes, el Edén que perdiste. Todo lo que contemplas dentro de tu alma existe: es tu propio espectáculo y tú, el espectador."

Amado Nervo

ÍNDICE

PRÓLOGO

Usted tiene en sus manos una nueva edición de *El expediente Glasser* de Violeta Balián. En efecto, se trata de la tercera edición. En tiempos tan contemporáneos alcanzar una tercera edición habla, como mínimo, de una amplia recepción en el público que gusta de intrigas como las que debe sobrellevar la protagonista, Clara Glasser. No descarto que antes de interesarse por la trama, usted quiera conocer como previo a qué género pertenece la novela.

En lo personal abomino de las clasificaciones. Foucault se destornilla de risa en el comienzo de Las palabras y las cosas con la clasificación de animales que Borges atribuye a *"cierta enciclopedia china"*. No es para menos, el propio Borges en El idioma analítico de John Wilkins dice que "Notoriamente no hay clasificación del universo que no sea arbitraria y conjetural. La razón es muy simple: no sabemos qué cosa es el universo". Sin embargo creo que, justamente, somos tan dados a las clasificaciones porque vamos a tientas por un mundo desconocido. Sin dudas resultan un atajo a la simplificación, pero también son el refugio pacificador ante nuestra ignorancia de ese "afuera" que es la realidad que nos rodea.

Pero a la hora de buscar una clasificación apropiada para El expediente Glasser, las etiquetas posibles rumbean para el lado de la novela negra, la novela romántica, la novela de aventuras, la novela de ciencia ficción. Participa de todas pero no obstante, ninguna logra aprehender su esencia pues es una novela donde confluyen distintas perspectivas y para mejor, narradas por ojos femeninos.

11

En este sentido, nos proponemos averiguar si es posible darle una clasificación que se ajuste lo mejor posible a su contenido. Cuadra entonces describir brevemente la trama.

Ya al comienzo atestiguamos una muerte que sospechamos tiene mucho de crimen. A poco de avanzar, la irrupción de presencias extrañas (tan extrañas como que no son de este planeta) revela una realidad anómala. Mientras tanto, nos apiadamos de una Clara Glasser que asiste inerme al desmoronamiento del universo familiar. Las categorías de mujer, esposa y madre tambalean frente al despiadado paso del tiempo, la pasión erosionada hasta la ausencia y los hijos que ya no están. Una vida sin sentido que sucede en la Buenos Aires de comienzos de los años 70', años de violencia, terrorismo, democracia fragmentaria, más terrorismo pero de Estado y el miedo de un futuro que nunca llega. Y esos seres imposibles y la procesión de portales a mundos paralelos. Y la locura. Y el sueño. O la pesadilla.

En suma, *El expediente Glasser* es el derrotero doméstico de Clara, una mujer que enfrenta, con perplejidad pero con coraje, los desafíos de una vida vacía de sentido que se modifica a partir de una muerte, muerte que la proyecta hacia los peligros inauditos de una conspiración que pone en riesgo la existencia misma de la humanidad.

Y al redondear la frase, algunas palabras empiezan a retumbar como un eco perceptible: crimen, doméstico, mujer, soledad, relaciones desgajadas, desafíos malsanos… Y esas palabras nos ayudan a dar con la respuesta buscada. En efecto, son todas notas tipificantes del llamado *domestic noir*, subgénero de la novela negra que viene pisando fuerte en el vasto firmamento de las clasificaciones literarias.

Podrá decirse que *Cumbres borrascosas* de Emily Brönté, y durante los años 40, *Rebeca* de Daphne Du Maurier o *The girl who had to die* de Elisabeth Saxay Holding inauguraron este subgénero. Seguramente *Perdida* (Gone Girl) de Gyllian Flynn, *La chica del tren* de Paula Hawkins y *La mujer de un solo hombre* (The Silent Wife) de A.S.A. Harrison, lo afianzaron y terminaron de darle forma.

El expediente Glasser de Violeta Balián expresa de forma acabada y minuciosa los mejores elementos distintivos de este subgénero. Si hoy alguien me pregunta, diré sin temor a equivocarme que la etiqueta apropiada es la de *domestic noir*.

Y aunque ya dimos algunas pistas de la trama, tratándose de una novela donde hay un crimen y un misterio, no abundaremos en mayores detalles. Sí diremos que toda la historia está compuesta en una prosa amena, concisa y directa, que elude con elegancia los tecnicismos y que se da tiempo de abordar disquisiciones de orden filosófico y hasta teológico. Violeta Balián tiene una increíble facilidad para sumergirnos en un universo igual pero no tanto, donde lo fantástico irrumpe de una forma imperceptible, impensada e inquietante. Y más importante aún, la maestría de su narración tiene un efecto perdurable: mucho tiempo después de acabar la lectura, vamos a seguir mirando por sobre el hombro, llenos de recelo, preguntas y sobre todo, horrores muy vívidos.

Pablo Martínez Burkett
Buenos Aires, julio de 2015

PRIMERA PARTE

1971.
Vicente López
Un suburbio del Gran Buenos Aires

1

Mercedes

A pesar de los torrentes de agua que bajaban por la calle arrasándolo todo a su paso, Clara Glasser continuó cuesta arriba, resbaló y cayó de rodillas sobre la vereda anegada. Tan pronto consiguió ponerse de pie, echó una maldición y rescató el maletín que se le había caído al suelo.

Venía con retraso y empapada. Se cubrió la cabeza con la bufanda enroscándose el resto al cuello para protegerse del viento que levantaba del lado del río, y apuró el paso para presentarse lo más pronto posible en la casona del brigadier Latorre.

Al llegar, a eso de las siete y veinte, la recibió una casa refugiada en las sombras. Las luces del portón, de la puerta de entrada y el jardín delantero estaban apagadas. Esto es muy extraño, pensó. Hacía más de una hora que había oscurecido y entre todas las casas que visitaba a diario, la de la familia Latorre se distinguía por mantener rutinas meticulosas. Un corte de luz, probablemente. Tocó el timbre y le abrió Aurelia, la nueva mucama de los Latorre. Sin decir palabra, Clara pasó como un ventarrón por delante de la mujer que se quedó sosteniendo la puerta abierta.

No tenía un minuto que perder. Se quitó el abrigo mojado, la bufanda y los colgó en el perchero del vestíbulo. «Esto me pasa por no llevar paraguas. ¡Estoy hecha un desastre!» ¡Y cómo me duele la rodilla! se quejó, frotándosela.

La mucama le alcanzó una toalla.

–Gracias –dijo, sin disimular su malhumor. Se secó la ropa, la cara y ante el gran espejo se acomodó el pelo mojado. Recién entonces se sintió lista para subir la escalera, entrar a la habitación de Mercedes Latorre y comenzar la curación de la tarde.

Subía los primeros escalones cuando notó que Aurelia se le acercaba para decirle algo. « ¿Qué es lo que quiere esta mujer? ¿Recordarme que llegué con retraso? ¿Que la señora tiene muchos dolores y ha reclamado mi presencia? La puntualidad es muy importante. ¿Quién lo sabe mejor que yo? ¿O no lo dijo hasta el cansancio Correas, el médico de Mercedes Latorre? Con la voz aflautada de siempre, insultándome cada vez que nos toca encontrarnos en la casa, como si yo estuviera en el primer año de la escuela de enfermería–: Glasser, recuerde, la señora Latorre no debe hacer crisis.»

–No suba, por favor –le advirtió la voz firme de la mucama.

Furiosa, Clara se dio vuelta y encaró a la mujer que jugaba nerviosamente con la cruz que le colgaba del cuello. Pero la misma voz, en un susurro entrecortado continuó –: Por favor, señora, pase y espere en la sala. Órdenes del brigadier.

«El brigadier. ¿Qué razón podía tener él para ordenar algo tan fuera de lugar? ¿O no estaba al tanto que a esta hora del día Mercedes necesitaba la morfina? ¿Estará enojado conmigo por haber llegado tarde?»

La sala estaba a oscuras. Allí tampoco se habían prendido las lámparas. La única, escasa claridad se colaba por la ventana y provenía de los faroles de la calle. Clara se sentó en el enorme y mullido sofá adamascado. Desde su lugar y a través de la penumbra, apreció el espacio y la calidez de la decoración que no dudaba había corrido a cargo de la dueña de casa: los *appliqués* dorados en las paredes, los cortinados de terciopelo, las pinturas, las fotos de familia, la estantería con los adornos de porcelana.

«Esta es la primera vez que me hacen pasar a la sala. Se ve que los Latorre son gente de posición. Buena gente, nada pretenciosa».

Poco después distinguió una sombra: otra persona, sentada en el sillón inglés, al lado de la chimenea. Una figura voluminosa que parecía no moverse hasta que oyó cómo acomodaba el cuerpo y escuchó un crujido suave, inconfundible.

«Tiene un diario en las manos. ¿Cómo puede leer en la oscuridad?»

Buenas noches, saludó Clara.

El hombre –porque la persona que habitaba la sombra era grande y cuadrada– no le respondió ni se levantó del sillón. Hizo un gesto mudo que intentó aproximarse a un mínimo reconocimiento de su presencia e inclinó levemente la cabeza antes de darse vuelta y enfocar su mirada en la ventana.

« ¿Quién será? ¿Un familiar? ¿Otro médico? ¡Qué falta de modales! Quienquiera que sea».

Clara sufría la inexplicable demora, pero estaba resignada a cumplir con las órdenes del Brigadier. Algo no andaba bien. Atendía a Mercedes Latorre dos veces por día con la puntualidad más estricta. Le limpiaba las heridas profundas que le dejaban los tratamientos de radioterapia, le aplicaba apósitos y le inyectaba la morfina. Un procedimiento diario que ella cumplía fielmente siguiendo las indicaciones del antipático Dr. Correas–: La señora Latorre no debe hacer episodios, hay que ser puntual, dos veces por día, religiosamente, a la hora designada–.

–Sí, doctor.

El reloj de pie dio las siete y media. Clara sacó una libreta del bolso para anotar que en la fecha y en la segunda visita del día, la curación de Mercedes Latorre se había demorado media hora. Una rutina peculiar la suya y muy criticada por sus compañeras en la clínica, pero el caso era que a ella le gustaba mantener un registro minucioso de sus idas y venidas. A una hora esto y a otra hora aquello. No soportaba las pérdidas de tiempo; un producto de su educación germana. Bien decía su padre que el tiempo es despiadado, pasa rápido y de largo.

Cerca de las ocho, agitado, Latorre se asomó a la sala.

–Discúlpeme, Clara. Estuvo el Dr. Correas con dos colegas. Es urgente que aumentemos la dosis del calmante. Ahora mismo voy a la farmacia. Aguárdeme unos minutos más. Se lo agradezco. Vuelvo enseguida.

«Bien, un buen momento para subir y comenzar la curación.»

La puerta de la habitación de Mercedes estaba cerrada con llave. Clara llamó a Aurelia. La mucama no aparecía. « ¿Dónde estará esta mujer? Justo ahora que la necesito». Fastidiada, bajó al vestíbulo, entró a la sala, prendió una de las lámparas y se sentó en el sofá a esperar que volviera Latorre. El hombre permanecía hundido en el sillón.

φφφ

Parece que ha entrado en coma, dijo Latorre cuando entraban a la habitación de Mercedes. Clara le comunicó que la paciente había estado muy débil esa mañana, y cayendo en un estado subyacente de conciencia. –Aun así, tiene la capacidad de captar todo lo que sucede a su alrededor –agregó.

Sin responderle, Latorre aproximó una silla al lado de la cama de su mujer. «Eso sí que es raro» observó Clara. El brigadier no acostumbraba a presenciar los procedimientos. Cuando concluyó la curación, fue él mismo quien le entregó la ampolla de morfina que acababa de traer de la farmacia. Clara verificó la dosis. Muy alta, dos veces más que la normal. Alarmada, le pidió una explicación pero Latorre le aseguró que esa cantidad correspondía con la recomendación de Correas y los otros médicos.

«Mercedes morirá en pocas horas». De eso estaba segura. Tampoco le quedaban dudas de que Latorre y el trío de médicos se habían dispuesto a apurar el tránsito de la mujer al otro mundo. Y junto a ella, con su sola presencia, el brigadier la sujetaba al sitio y la obligaba a cumplir con las instrucciones de un médico ausente.

«Esto no me sucedería en un hospital. Allí siempre hay alguien que se hace responsable. ¿Pero, qué podía hacer? Nada, excepto cumplir con las órdenes del médico de cabecera y el familiar responsable. No había otra alternativa. La situación era muy delicada. Debía recurrir al sentido común y a su experiencia profesional. ¿Quién sabe? Tal vez sea lo mejor, porque con el estado avanzado de la enfermedad, Mercedes necesita liberarse de su martirio lo antes posible».

A su lado, Latorre esperaba, atento a que de una vez por todas Clara inyectara la dosis prescripta. Tan pronto ella comenzó a retirar la aguja del brazo de Mercedes, el hombre abrió la puerta y salió.

Mercedes gimió e hizo un gesto impreciso al tiempo que una calma, paulatina le recorría el rostro. Los enfermos moribundos sólo desean volver a su casa celestial, a su verdadero hogar, solía decir el capellán de la clínica. Clara se sentó al borde de la cama, le midió el pulso y se quedó junto a su paciente tomando las delgadísimas manos de la mujer entre las suyas. Entonces le dijo suavemente: —Mercedes, querida, creo que usted ya está lista para regresar a la casa del Padre—. La arropó bien, le dio un beso a modo de despedida y recogió su instrumental de trabajo.

En el pasillo de la planta alta no había nadie. Bajó la escalera, llegó al vestíbulo y se asomó a la sala que continuaba a oscuras. El sillón inglés estaba vacío.

Cuando descolgaba el abrigo y la bufanda todavía húmeda del perchero, entró Latorre de la calle.

—Entonces vuelvo mañana por la mañana, Brigadier.

—Sí, mañana, a la misma hora —respondió el hombre bajando la cabeza.

Se lo veía nervioso. No era para menos, Mercedes se estaba muriendo y no pasaría la noche. Clara sabía que él lo sabía; habían hecho un tácito acuerdo de silencio. Rápidamente se puso los guantes, tomó su maletín y se dirigió hacia la puerta que le abría Latorre.

—Buenas noches, Brigadier.

—Hasta mañana, Clara. Y muchas gracias.

2

Café Artemisa

A la mañana siguiente, a las siete en punto fue el mismo Latorre quien abrió la puerta de la casona. –Pase, por favor. Me temo que tengo una mala noticia. Mercedes acaba de fallecer –anunció con la voz quebrada, carraspeando y cubriéndose la cara con las manos. De inmediato se disculpó.

–Perdóneme, es que se ha ido mi compañera de treinta años. Primero mi hijo, ahora ella. Me he quedado completamente solo.

–Lo siento muchísimo, Brigadier. ¿Pero en qué momento…a qué hora ocurrió?

–Temprano, a eso de las cinco y media. Correas se acaba de ir, vino a hacer el certificado de defunción. La funeraria la recogerá antes del mediodía.

«La hora no es correcta. Mercedes recibió suficiente morfina como para matar a un caballo. A más tardar, falleció a medianoche», calculó Clara, intrigada por el giro inesperado de la situación. Tuvo también la corazonada de pedirle que le permitiese subir y ver a su paciente, pero no se atrevió.

–Brigadier, ¿el sepelio…cuándo será?

–Mañana, a las diez en punto, en la parroquia de Santa Rosa. El padre Constanzo oficiará una misa de cuerpo presente. Al finalizar, a eso de las once y media, nos dirigiremos al cementerio privado.

«Ah, ya lo tiene todo arreglado»

—Si le parece bien, Brigadier... me gustaría asistir a la misa.

Latorre asintió, sacó un sobre de su bolsillo y se lo entregó.

—Mercedes la apreciaba mucho. Pobrecita, mi Mercedes. Siempre me decía que su presencia la fortalecía. No fue nada fácil, lo sé. Por eso mismo quiero expresarle mi agradecimiento por los cuidados que le brindó. Créame, Clara, tengo una gran deuda con usted.

Conmovida, y agradeciendo el reconocimiento en silencio, Clara tomó el sobre y lo guardó en el bolso. El brigadier era un hombre de influencia y reputación; la recomendaría a sus amistades y asociados.

«Sí, Clara, todo eso está muy bien, pero ¿qué hacemos con la noche anterior? Está eso, es verdad, pero no soy la persona indicada para juzgar los motivos detrás de sus acciones».

A punto de salir, se armó de coraje y preguntó:

—Brigadier, perdone mi curiosidad. ¿Quién era ese hombre que esperaba anoche en la sala? ¿Un pariente suyo? ¿Un amigo de la familia?

Latorre palideció pero al instante se las arregló para presentarle lo que podría pasar por una sincera expresión de asombro.

—¿Qué hombre?... Clara.

—El que estaba sentado en el sillón inglés. Ayer por la tarde. No me saludó. Es más, me ignoró todo el tiempo que estuve ahí, esperando a que usted volviera de la farmacia –dijo señalándole el sofá de la sala.

—Oh, no... No. Me disculpo si fue grosero con usted. Ese hombre es...un colega –explicó Latorre, repentinamente exasperado. Y acto seguido la amonestó con una voz cargada de urgencias: –Clara, olvídese de haber visto a ese individuo en mi casa. Y por sobre todo, no se lo mencione a nadie. Repito, a nadie. Es más, se lo ruego por lo que más quiera, sus hijos, su familia.

—¡Qué más le puedo decir! –agregó. –No calculé que lo fuera a ver. Sucede que tenemos entre manos una situación muy delicada, la seguridad del gobierno, es decir, inteligencia a muy alto nivel, cosas de la Fuerza Aérea, ¿comprende? Y para nosotros, en el ministerio, ese hombre es, prácticamente invisible –concluyó.

—Entiendo, Brigadier. No se preocupe. Que tenga usted buenos días.

« ¿Invisible? ¡Qué cosa más ridícula! El hombre en cuestión es un agente secreto. Un espía al servicio del gobierno que vino a la casa para conversar con Latorre. Invisible. ¿De dónde habrá sacado eso? Paranoia de militares, como siempre».

Clara salió de la casona dejándolo a Latorre en medio de su duelo y problemas de estado mayor. Se sentía cansada, deprimida y completamente vacía. Y muy afectada por la muerte de Mercedes, por las circunstancias de las que ella fue testigo. El médico ausente. La dosis aumentada. Anoche mismo, en casa de la señora Rodríguez –la vecina parapléjica que cuidaba una vez por semana– la asediaron imágenes de Latorre y el misterioso visitante que había visto en la sala. Y desde esta mañana, no conseguía quitarse de encima la sospecha de que en todo este asunto con Latorre y los médicos, había gato encerrado.

Pensó en Mercedes. No hacía un año lloraron juntas la muerte de Hernán, el hijo único de los Latorre, en un accidente en la ruta a Mar del Plata. Ahora, a pocas horas de su deceso, ya echaba de menos a la excelente persona con la que había formado un vínculo que superaba sus respectivas condiciones de paciente y enfermera.

ɸɸɸ

Clara caminó unas cuadras por el "bajo" de Vicente López. Tomó por las barrancas y la calle empinada donde se había caído ayer. Todavía le dolía la rodilla, y se le hizo necesario acortar el camino para llegar rápidamente a la avenida Maipú. El esfuerzo la mareó y se sintió desfallecer.

Entró al café Artemisa para tomar algo. Tan pronto se sintiera un poco mejor recompondría los detalles de la última visita a Mercedes y la conversación de la mañana con Latorre, pensó. Entonces se acordó del sobre y con curiosidad lo abrió al tiempo que le daba una pitada a su cigarrillo. Sonrió. Latorre había sido muy generoso. No sólo le incluía el pago de ese mes sino una suma adicional, equivalente al trabajo de quince meses. El gesto no daba lugar a malentendidos: el brigadier le pedía que hiciera "la vista gorda" sobre lo ocurrido la noche anterior. ¡Qué notable! En toda su vida profesional ésta era la primera vez que la sobornaban y con una cantidad importante, difícil de rechazar.

Encendió otro cigarrillo mientras decidía qué hacer con este aguinaldo caído del cielo.

«A Rogelio, no le digo nada. Será mejor mantenerlo al margen del asunto. De lo contrario, tendré que darle muchas explicaciones. En una de esas, me obliga a hacer una denuncia en la comisaría. Tenemos deudas, muchas deudas. Nos aliviaría pagarlas. Pero no, mañana mismo, sin falta, abro una cuenta en el banco. Para la educación de los chicos.»

Con el segundo cigarrillo se relajó un poco más. Y eso le hizo bien porque la muerte de Mercedes comenzaba a obsesionarla. La noche anterior había cruzado un umbral, y en esos momentos, tanto su energía como su propia vida parecían írsele de las manos. Sentada en ese café, sin conocer ninguna de las razones que explicaran lo sucedido, Clara tuvo la sensación de que vivía una mañana distinta, de capítulos leídos, de etapas finalizadas. La última estación de la línea, hubiese dicho Rogelio, su marido.

3

El costo de la alegría

Miguelito Lopresti sufría de leucemia y agonizaba. Su familia vivía por Puente Saavedra. Clara veía al niño una vez al día pero cada una de las visitas la dejaba deshecha y malhumorada. Y reaccionaba a este tipo de situación poniendo a prueba su fe, cuestionándolo a Dios y a todos aquellos que lo interpretaban:

« ¿Dónde están la justicia y misericordia divinas que permiten que este inocente sufra de esta manera?»

–Son los designios divinos y misteriosos del Señor quien nos los envía con el propósito de ejercitar y reforzar nuestra fe –explicaba el pastor de su iglesia.

¡Cuánta, inútil beatería! A Miguelito le quedaban un par de semanas de vida, a lo sumo según las exactas palabras del médico que lo atendía y quien, ante el desconsuelo de sus padres, ya lo había abandonado.

«Hoy le dedicaré más tiempo a Miguelito».

En la calle, llamó a un taxi para que la llevara a Puente Saavedra. Un gasto adicional que Rogelio desaprobaría, pero hoy se lo podía permitir, gracias a Latorre y a su propia falta de escrúpulos.

φφφ

Una hora más tarde, con la cabeza llena de preocupaciones, inició el regreso a su casa, caminando a lo largo de la avenida Maipú, la arteria impersonal y ruidosa que comprendía su zona de trabajo.

Hiciera frío o calor, a Clara le gustaba caminar. Y hacía ya un tiempo que había descubierto el inmenso alivio que sentía cuando deambulaba por las veredas, rodeada de tanta gente preocupada o distraída; personas a las que no conocía. Con sólo verlas, se despojaba de angustias y recobraba una excepcional sensación de libertad. Percibía a toda esa gente buscando algo en la nada misma. Ella también buscaba algo en la nada misma. Y la atacaban unas ansias irreprimibles por descubrir los problemas de cada uno de esos seres pensativos y ceñudos que pasaban a su lado. ¿Qué los conectaba? ¿Hijos que asistían al mismo colegio que los suyos? ¿O vivían, quizá, en el mismo vecindario? Sin pensarlo más se embarcaba en una suerte de ejercicio silencioso que le permitía imaginarles destinos y futuros que luego y a su antojo, cambiaba, mejoraba o disminuía. Y así hasta que una brisa o un viento intempestivo le evaporaban los cuidadosos proyectos, la volvían a su realidad, a contentarse consigo misma y el destino que le había tocado.

Se acercaba a su casa. Como ya era habitual, la invadía la angustia de pensar en volver a ella únicamente por el placer de estar unas horas con esos hijos que adoraba. No tenía escapatoria. El alto costo de esa alegría la obligaba a volver a su vida de siempre, a los trabajos domésticos, a la soledad acompañada, a preparar las comidas y a la crónica depresión de su marido. Aún era temprano para anticipar las horas finales del día, el momento cuando la familia se retiraba a descansar y a ella la envolvía el silencio que le permitía encontrarse consigo misma, y entretener la desesperación que noche tras noche no fallaba en visitarla.

Pasó frente al cine Astral.

Los afiches anunciaban "Intriga Internacional", la película de Hitchcock con Cary Grant. Tuvo ganas de verla otra vez. La primera función comenzaba en minutos. Sin más se refugió en la oscuridad de la sala y en la distracción hollywoodiense.

Recién a la media tarde abrió la puerta de su casa, vacía.

SEGUNDA PARTE

1

El hombre invisible

Cuando llegué, un poco antes de las nueve, la parroquia se veía bien concurrida por familiares y amistades de Mercedes, y otra gente, colegas del brigadier, funcionarios del ministerio. Y cuando buscaba dónde sentarme, me crucé con Latorre que vestía uniforme y se dirigía apresurado hacia la puerta de salida. Me vio, pero se limitó a saludarme con un movimiento de cabeza.

Encontré un asiento en la penúltima fila e inmediatamente, un zumbido de cuchicheos y voces bajas invadió el recinto. Entraba el General Lanusse, nuevo Jefe de Estado, acompañado de Latorre y una comitiva de funcionarios, más el personal de seguridad. El grupo oficial se tomó su tiempo para ubicarse en la primera fila, y recién entonces el padre Constanzo pudo comenzar la misa.

No tardé en entregarme a la reflexión, a pensar en Mercedes y en todos aquellos que había perdido en los últimos años: familiares, amigos, pacientes. También en los que seguían junto a mí, mis hijos, mi madre, mi marido. En la vida que llevábamos, en nuestros problemas. No sé por cuánto tiempo más me dejé absorber por esa tarea tan personal. De pronto, mi atención tomó otro rumbo; me puse a admirar las hermosas imágenes, los vitrales de las naves laterales y las pinturas que adornaban la cúpula de la parroquia. Somos una familia luterana, no tuve oportunidad de visitar ni frecuentar las iglesias católicas; todo lo que veía era nuevo para mí. En plena tarea de apreciación, volví la cabeza hacia la derecha y reconocí al hombre de la sala, apoyado contra la última de las columnas que rodeaban la nave central; la misma figura grande y cuadrada que había visto en la sala del brigadier Latorre. De pie, el sujeto se veía aún más imponente. Vestía traje negro, anteojos gruesos de carey y sujetaba un sombrero con las manos mientras observaba el entorno con interés.

No quise que me viera. Me achiqué en el asiento y mantuve la mirada hacia el frente como si estuviese escuchando con mucha atención las palabras del padre Constanzo. El servicio religioso continuó su curso y el hombre, parado junto a una de las columnas, pasaba desapercibido. O así me pareció. Existía la posibilidad de que entre los presentes algunas personas se hubieran percatado de su presencia. Sin embargo, nadie parecía notarlo. Recordé lo que me había dicho Latorre, que la visita de ese hombre a la casona se debía a cuestiones de inteligencia, de alto nivel. Si me guiaba por sus palabras, reconocerlo públicamente comprometía a cualquiera de los presentes que estuviera conectado con el gobierno, y después de la conversación con Latorre no dudaba de que en esa parroquia la mayoría lo estaba. Por el otro lado, si el brigadier no exageraba cuando afirmó que esta persona era en verdad invisible, sólo me quedaba suponer que no lo podían ver. Pero claro, eso ya era absurdo. Invisible. ¿Lo dijo literalmente? ¿O quiso insinuar que el hombre era prácticamente invisible? Poco importaba porque a ese individuo yo lo veía y muy bien.

Se habían hecho las once. Debía despedirme de Mercedes, con el corazón. Le pedí perdón y prometí llevar su recuerdo alojado en un lugar especial de mi alma, por toda la eternidad.

2

Los Tres Amigos

La tarde que siguió al entierro de Mercedes terminé mis curaciones un poco más temprano. Los chicos no estaban en casa; se preparaban para un examen en casa de un compañero. Quise aprovechar el tiempo libre y salí de compras a la carnicería y el almacén.

Al volver, cargada con las bolsas, llegué hasta la esquina de San Martín y Maipú. Ahí me paré en seco; el hombre de la sala esperaba junto al quiosco de Manolo. Mi primer impulso fue retroceder para dar la vuelta y tomar una calle cortada. Demasiado tarde. El hombre me había visto y venía hacia mí. Y como esa mañana, en la parroquia, llevaba los mismos anteojos gruesos de carey y el sombrero negro que se quitó ceremoniosamente para saludarme.

–Buenas tardes, señora.

–Buenas tardes.

Se presentó como Alcides Carabós o algo así. Un apellido extraño. Falso, sin duda. «Los espías nunca dan sus nombres verdaderos».

–Señora, permítame… por favor. Quiero pedirle disculpas, no la saludé como correspondía, anteayer, en casa del brigadier Latorre.

Acepté su pretexto con un movimiento de cabeza, y dije

alguna cosa pretendiendo normalizar una situación que con cada segundo que pasaba se volvía más incómoda y absurda. Quería volver a casa. Hice un ademán para continuar mi camino.

–Señora, por favor, me… ¿sería tan amable de acompañarme a tomar un café?

Miré alrededor. La tarde se había destemplado, hacía frío, las bolsas me pesaban y la idea de un café me pareció reconfortante.

–Está bien. Un rato, nada más. Me espera la familia –balbuceé, descargándole al individuo la enorme culpa que sentía por haber aceptado el abordaje de un perfecto desconocido y lo peor de todo, su invitación.

El hombre tomó mis bolsas y caminamos en silencio, una cuadra o un poco más. No tardé en notar que llamábamos la atención. Lo miré de reojo. A las claras, un hombre mucho más alto que lo normal. ¿Sería por eso? ¿O era el sombrero? Vivíamos en 1971. Los hombres ya no usaban sombrero. Este Alcides o como se llamara, con su sombrero negro y los anteojos gruesos me recordaba a esos personajes de las películas de Hollywood como la que había visto ayer, anodinos, misteriosos, viajando en coche, en tren, en grupitos de dos o cuatro por el desierto, o por la calles de un pueblo abandonado del lejano oeste. Agentes del FBI.

Entramos a Los Tres Amigos. La confitería estaba casi desierta, algo poco común a esa hora de la tarde.

–Está vacía porque se viene una tormenta –comentó mi acompañante cuando nos sentábamos a una mesa, él se quitaba el sombrero y lo ponía con mucho cuidado sobre la otra silla.

Me quedé boquiabierta. Este hombre, con su voz de barítono-bajo, metálica, impersonal que me llegaba demorada como la de un ventrílocuo emanando del interior de su muñeco parlante, había respondido a lo que yo acababa de pensar.

Antes de sentarse se quitó los guantes. Ambos meñiques mostraban una deformación ósea. Nada importante, una artrosis prematura, calculé.

Mesa por medio, sentados el uno frente al otro, aprecié su importante contextura física. El pelo rubio y corto, los rasgos escandinavos o posiblemente eslavos que me recordaban a esos chicos ucranianos con los que había crecido en Misiones.

El mozo me sirvió el café con leche. Vaya a saber qué impulso me hizo tomar la taza con las dos manos. Supongo que quería absorber su calor, calmar mis nervios y estudiar con más libertad los ojos grandes, oscuros, metidos en sus cuencas como esos de plástico de las muñecas. Cuando lo miré de frente, me esquivaron. Cada vez que dirigía mi mirada hacia la derecha o la izquierda, me recorrían de cuerpo entero, estudiándome sin disimulo, como si relevase un campo de batalla o preparara estrategias. Yo seguía tomada bien fuerte de la taza hasta que oí un crujido mecánico que arrancaba de su cabeza. No estaba segura qué era, pero lo registré como el ruido que hacían sus pensamientos hurgando cómodamente entre los míos, y tratando, cuidadosamente, de acomodar mis emociones y mis experiencias.

–¿Es de aquí, de Buenos Aires?

Mi pregunta lo sobresaltó.

–No…no soy de Buenos Aires, tampoco de la Argentina.

–¿Entonces del Brasil, o Europa?

–Sí, de Europa, de Europa del norte.

–Habla bien el castellano. No tiene acento.

–Tengo facilidad para los idiomas. ¿Y usted, de dónde es? –inquirió, recordándome que no conocía mi nombre.

–Discúlpeme, soy Clara Glasser y vengo de Misiones, de un pueblito sin importancia. Mi padre fue un inmigrante alemán y mi madre es hija de austriacos.

–Ah, bien. Y… ¿cómo llegó a ser enfermera?

–Bueno, en realidad mi primera vocación fue la medicina. Y aquí me ve, enfermera. La falta de medios y otras obligaciones. Pero me formé en el Instituto Roffo con una especialidad en casos terminales.

–Entiendo.

–Mi marido dice que eso nos pasa a muchos, entramos al gran parque de diversiones de la vida con toda la intención de jugar tiro al blanco, apuntamos, hacemos fuego, erramos y nos quedamos con el premio de consuelo.

–Curar a los enfermos, cuidar del prójimo, es una noble misión –interpretó él con aire reflexivo, mirando hacia el fondo del salón.

–Es que eso es exactamente lo que siempre me ha parecido a mí –le respondí perdiéndome en ensoñaciones, tal vez causadas por una señal de partida o cayendo presa de un influjo muy poderoso. No lo sé. Recuerdo que comencé a parlotear como si me hubiesen dado cuerda y en ese café le conté a ese desconocido cientos de detalles de mi vida y de mi familia. Me olvidé de la hora, del tiempo que pasaba, de la comida que aún tenía que preparar en casa. De las advertencias de Latorre. Yo hablaba y hablaba. De temas comunes, trillados. Hacía mucho tiempo que no charlaba con nadie. No tenía con quién. Muy pocos amigos personales. Y en la clínica, mucho menos, porque nunca me distinguí por ser amiguera. Sin embargo, sentada frente a ese individuo, me sentí la protagonista de un evento extraordinario. Los minutos corrían mientras yo disfrutaba de una conversación amena y civilizada que le soplaba energías y estímulos a mi vida llena de rutinas.

–¿Le molesta si fumo?

–Sí. ¿Me permite llamarla Clara?

–Por supuesto.

–Bien, Clara. Dígame, ¿cómo puede fumar una persona como usted, que se dedica a la salud?

–Tiene razón –admití avergonzada, guardando el atado de cigarrillos en el bolso. –Lo hago de vez en cuando, son los nervios. ¡Menos mal que no me ve mi marido! Somos luteranos y nuestra iglesia no aprueba del hábito–.

–Ah... entonces cree en Dios. Es una persona religiosa. Gente curiosa, la protestante.

–¿Por qué dice eso?

–Una observación, nada más. Es que me interesa comparar doctrinas, liturgias.

No tenía ganas de hablar de religión, ni con él ni con nadie. Recurrí entonces a nuestro punto en común: la familia Latorre. Mencioné la muerte de Mercedes y lo triste que me había dejado.

Alcides dijo comprender.

—Estuvo en la parroquia. Lo vi. ¿Fue al cementerio?

—Sí. Lo acompañé al brigadier, de lejos. Había mucha gente. Pero usted, Clara, se fue antes de que terminara la misa.

—Tenía trabajo.

El mozo se acercó y me preguntó si deseaba algo más sin reparar en la presencia de Alcides, sentado frente a mí, ante una taza de café que había quedado sin tomar. Dije que no, gracias. Al rato volvió y me dejó la cuenta. Alcides la recogió, se levantó y fue a pagar en la caja. Cuando ya nos íbamos, me ayudó a ponerme el abrigo con estudiada delicadeza.

Había anochecido y comenzaba a llover. Para variar, yo no tenía con qué protegerme.

—Me espera mi familia —expliqué antes de despedirme.

Desbocada, cargando las bolsas, corrí por Maipú hacia Irigoyen, insensible al agua que me golpeaba la cara, enfrentando el brillo húmedo, fantasmagórico de las luces del tráfico denso y lento que venía en la dirección contraria. A lo largo de todo el trayecto, clavada en mi espalda podía sentir la mirada penetrante de Alcides.

Entré a casa empapada.

3

Sospechas

Rogelio me recibió con su indiferencia de todos los días, sentado cómodamente en su sillón, leyendo. «Hombres y sillones van siempre juntos». Mi marido esperó a que yo llegara y preparara la cena. No se le ocurrió ni encargar una pizza.

—Tardaste mucho —reprochó.

—Tuve que hacer compras y me agarró la lluvia.

—Ah, sí, empezó a llover hace un rato —dijo, mirando distraídamente la ventana. —Los chicos ya están aquí.

Fui al dormitorio a cambiarme. Cuando regresé, Rogelio seguía enfrascado en su lectura.

—Falleció Mercedes. ¿Te lo dije, no?

—No. Lo siento mucho.

—Esta mañana fui a la misa. Me hubiera gustado ir al cementerio.

—No sé para qué. No sos un familiar. La enfermera, nada más.

En la cocina preparé las papas y me puse a freír milanesas. Cuando unas gotas de aceite caliente me salpicaron el brazo me entraron ganas de gritar como una desaforada y salir corriendo. Escaparme.

Nos sentamos a comer.

—¿Otro paciente en vista?

–No, nada por ahora. Mañana voy a la clínica a ver si dejaron pedidos.

–Sería bueno que consiguieras algo, Clarita. En el estudio las cosas andan de mal en peor, en cualquier momento comienzan los despidos. Te iba bien con Mercedes, lástima que terminó.

Lo miré con odio. Ni siquiera en la mesa teníamos un minuto de paz. A cada vuelta de esquina Rogelio me recordaba que peligraba su puesto en la facultad de ingeniería. La amenaza tenía varios meses de edad y la conocíamos todos, requetebién. Pero lo cierto es que la responsabilidad de mantener las cosas funcionando y sin mucho éxito caía sobre mí, porque la que había quedado cesante en la clínica, había sido yo. Y por el momento, no se presentaban suplencias. Tampoco vacantes en el Hospital Municipal. Naturalmente, nuestras entradas se redujeron. Vendimos el auto, lo que hacía que yo llegara a mis citas con los pacientes en colectivo o a pie, aguantando el frío o los calores sofocantes. Para peor, los mellizos terminaban la secundaria al año siguiente y aún no habíamos hecho planes para mandarlos a la universidad. En tanto, la situación del país empeoraba día a día aún con el nuevo presidente que prometió tanto cuando asumió el mando. Poco le iba a importar. Al final de cuentas, era otro militar, no necesitaba los votos de nadie. Y por si nos servía de consuelo, tampoco éramos los únicos que la pasábamos mal, dando manotazos de ahogado.

Terminamos de comer. Rogelio se encerró en su estudio a escuchar música. Estaba muy contento, nos informó durante la cena. Acababa de conseguir dos discos de Billie Holiday. A buen precio.

«Oh, qué bien».

Lavé los platos, ordené la cocina y aproveché el rato libre para planchar unos pantalones y camisas. Pablito y Mónica, desparramados sobre el sofá, miraban la televisión. Buenos hijos. Nuestro orgullo y probablemente la única razón por la que Rogelio y yo seguíamos juntos. Pablito es brillante, insistían los profesores. Mónica, terminaba cada año con las notas más altas de su curso y además, tenía excelentes aptitudes para la música y el canto. Los informes de los docentes nos alegraban muchísimo. El día que nacieron, Rogelio y yo nos comprometimos a hacer todos los sacrificios para asegurarles el mejor de los futuros a los mellizos. Helga, mi madre, reconocía que Rogelio vivía deprimido y que la mayor parte del tiempo era un desconsiderado conmigo.

—Pero es un buen hombre —repetía. —No se puede negar que trabaja mucho, y se desvive por sus hijos—.

—Yo también trabajo mucho, mamá. Eso tampoco lo podés negar.

Cuando la familia se fue a dormir me tomé una aspirina y también una ducha larga y caliente, sin sentirme culpable por el gasto extra de gas. Era mi única oportunidad de solaz. Y esa noche quería pensar en Alcides, en la hora o más que pasamos en la confitería. Me urgía descifrar el misterio de la casona, que sospechaba ligado a Latorre, la Fuerza Aérea y, por qué no, al mismo Alcides. Habían pasado un par de días desde la última visita a Mercedes. Mi desconfianza aumentaba; esa noche había sucedido algo muy raro y muy serio. Latorre y sus médicos me habían forzado a una participación cómplice en la ejecución de un crimen perfecto. Planeado de antemano. Y yo no supe o no pude reaccionar.

«Que Dios me perdone».

Alcides. El encuentro frente al quiosco no fue una casualidad. Repasé la conversación que tuvimos en la confitería, temas generales y la que habló todo el tiempo fui yo. ¿Qué quería saber de mí este hombre bien parecido, aproximadamente de mi edad, por quien no sentía ningún tipo de atracción física? —y me jugaba la cabeza que a él le ocurría lo mismo conmigo —¿Qué quería de mí? ¿Qué buscaba yo en él? Cuanto más lo pensaba, más difícil se me hacía definir al hombre y a la situación. «No debíamos volver a vernos.»

Pero días más tarde me volví a encontrar con Alcides. En Los Tres Amigos. Y mi extraño, nuevo amigo lucía igual que en la ocasión anterior. El mismo traje, anteojos, guantes y sombrero que hacían juego con su presencia, inalterable y sus modales, correctísimos.

Me pidió que le hablara de mi padre. Su pedido me sorprendió pero consentí.

—Mi padre y yo teníamos una relación muy especial —adelanté. —Intensa. No necesitábamos hablar. Nos entendíamos perfectamente. En estos momentos no recuerdo una conversación ni un detalle en particular, pero le aseguro que teníamos una relación completa. Si no me equivoco, fue a fines de los años veinte cuando emigró a la Argentina después de haber perdido a su primera esposa y a su hijito en Alemania. No sé qué sucedió. Nunca quiso hablar de eso. Se radicó en

Misiones y se casó con mi madre. Nací yo. Cuando murió, lo extrañé muchísimo. Pensé que no podría soportar tanto dolor aunque supiera, de algún modo, que mi dolor no era el mismo que sentían los demás cuando se les moría un ser querido. Sufría, sí, pero meses antes ya sabía que mi padre se iba a morir. Y como estaba segura de eso, esperé a que su muerte sucediera, tranquila y sin comprender la muerte ni la terrible finalidad que la acompaña. Tenía entonces doce años y estaba convencida de que nada lo apartaría de mí. Creía en Dios y le rezaba mucho rogándole que curara a mi papá y le permitiera vivir. Así que cuando murió, me enojé con Dios. Le increpé que no existía porque no me había escuchado.

Alcides daba la impresión de estar muy concentrado en mi relato a pesar de que sus reacciones, mínimas y sutiles, lo delataban. Deduje que él conocía a la perfección todos esos detalles de mi niñez. Como si le hubiesen entregado un expediente y lo hubiese leído de antemano.

–Clara, me intriga sobremanera su comentario sobre "la terrible finalidad que acompaña a la muerte". Deberíamos conversar sobre eso ¿no le parece?

Quise decir algo. No pude; se me había atascado el cerebro y en mi mente o pantalla interior se iniciaba la proyección de una película en la que desfilaban imágenes de mi padre: un soldado joven durante la primera guerra, tomando cerveza, fumando cigarros, chacoteando con un grupo de compañeros. Las reemplazó una granja dilapidada en algún lugar de la campiña alemana donde el aire era puro y cristalino. Podía sentirlo. Entusiasmada, me integré a la escena, guiada por una mano casi invisible que danzaba delante de mi cara, y corría un velo tras otro hasta que reconocí a mi padre en el niño que ordeñaba la vaca. Fui hacia él. ¡Querido papá! Ahí lo tenía, transformado en el niño rubio, dulce y tímido sentado en una banqueta. Lo llamé, se dio vuelta y me sonrió. Oh…le faltaban unos dientes. Me acerqué un poco más, casi podía tocarlo pero él, extendiendo su pequeño brazo me detuvo con palabras compasivas y definitivas: –*meine Tochter, liebling Clara!* Hija mía, querida. Hasta aquí. No sigas. No es el momento.

La imagen se disipó y me encontré con la mirada de Alcides. No supe cómo interpretarla. No sólo me inquietó sino que me confirmó que este individuo poseía habilidades extraordinarias, que tenían que ver con la lectura de pensamientos. Le exigí una explicación, alguna cosa que mitigara el sacudón de haber visto a mi padre después de tanto tiempo. Alcides no es un espía, es un mago, me rectifiqué. Un mago que instaló una proyección cinematográfica dentro de mí. ¿Cómo lo hizo? ¿Por qué motivo? Y si podía hacer eso, ¿qué otras cosas, qué otras ideas era capaz de ponerme en la cabeza? ¿Sus propios pensamientos, quizá? ¿Directivas siniestras? Las posibilidades comenzaban a aterrarme. A mi aprensión, le uní cólera y resentimiento. Incontrolables. Y me esforcé para no darle un par de bofetadas. Se las merecía. Quería castigarlo por tomarse la libertad de leer mis sentimientos más profundos y secretos. ¿O no necesitaba leer nada porque ya lo sabía todo? ¿Qué fue lo que quiso decirme Latorre? Latorre. Un poco tarde para reconsiderar sus advertencias. Inútil, también. En lo que a mí concernía, el nervioso brigadier había perdido toda credibilidad.

Frente a Alcides, impotente, añoré hasta las lágrimas el refugio que representaba mi hogar aun con todos sus problemas. Quería estar en casa, a salvo de Alcides, con los míos y continuar con la normalidad de nuestra vida familiar. Y en una fogata imaginaria, incinerar el cúmulo de sentimientos y sucesos que se me fueron adhiriendo como garrapatas sedientas y me causaban tanto dolor: el último día de Mercedes, la visión de mi padre junto al recuerdo de su sufrimiento y su muerte, mi inesperada incursión a su vida anterior a mi existencia, la terrible enfermedad de Miguelito, los problemas económicos. El conjunto total de mis desdichas. En otras palabras, quería volver atrás las agujas del reloj.

Quise levantarme, salir de la confitería, huir y no verlo nunca más.

No lo hice. Presentía que Alcides me lo impediría. Peor todavía; me seguiría hasta los últimos confines de la tierra.

4

Simbad y el viejo del mar

Pasaron unas semanas. En casa, nuestras vidas se fueron acomodando a esa rutina donde los días pasan y llegan. O son iguales a los de ayer y anteayer, a los de mañana y pasado mañana.

Un buen día me llovieron todo tipo de trabajos y pedidos: cuidados de noche entera, curaciones para enfermos desahuciados, postoperatorios, inyecciones y masajes. Y también lo que más quería: suplencias regulares en la clínica.

–Un regalo del cielo –bromeaba Rogelio. Le conocía muy bien esa reacción cuando los acontecimientos, de cualquier tipo, lo desconcertaban. Una intervención divina. Muy gracioso, pensé. En mi opinión, este milagro no era nada más que una mezcla del cinismo básico de Rogelio y las hechicerías de Alcides.

Naturalmente, con semejante aluvión de trabajo y pocas horas disponibles, me ilusioné con la idea de haber podido regresar a mi vida normal. De ahí en adelante, y sin mucho problema me olvidaría de las experiencias del último mes, particularmente la muerte de Mercedes. Tomé, inclusive, una resolución personal: no debía darle lugar a ninguna otra cosa en mi vida que no fuera mi familia y mi trabajo. En la bolsa de las "otras cosas" puse también a mi amigo Alcides, a quien a pesar de mis buenas intenciones, veía regularmente en la confitería o en la calle, convencida de que sus merodeos no representaban compromisos ni peligros para mí.

Me engañaba. No dejaba de pensar en él ni de tenerlo

presente. Como tampoco me atrevía a tirar por la borda los estímulos que recibía en cada uno de esos encuentros secretos. Momentos en los que me sentía capaz de apreciar cómo su persona se tornaba más enigmática, y como detrás de su semblante, imperturbable, acechaba una inteligencia provocadora, lista para manejar cualquier tipo de situación que se pusiera ante él. Un individuo que no hablaba por hablar y que, efectivamente, guardaba secretos, atributos y requisitos para ser un espía exitoso.

«Clara, ¿será posible que te hayas olvidado de que Alcides no es un espía sino un mago?»

Días más tarde, profundamente apenada por la muerte de Miguelito, mi pobre niño sufrido, cruzaba la avenida distraída cuando un auto casi me atropella. En ese preciso instante, apareció Alcides, me arrebató por el aire y me depositó sana y salva, sobre la vereda. Me salvó la vida. Un verdadero hito. A partir de ese incidente se convirtió en mi ángel guardián y mi carcelero.

—Mamá, leénos otro cuento de Simbad —me pedían los mellizos cuando eran pequeños.

«*Simbad y sus hombres naufragaron y dieron a parar en la playa de un lejano país donde los rescató un ser extraño, peludo, al que los lugareños llamaban el "viejo hombre del mar". A cambio de ese servicio, el viejo obligó a Simbad a que lo llevara sobre sus hombros, tierra adentro, hacia un destino desconocido. Día y noche, con el viejo a cuestas y sin poder, ni por un momento, desprenderse de él Simbad recorrió enormes distancias hasta que no deseó otra cosa más que morir. Por fortuna, y justo a tiempo, preparó un brebaje con el que embriagó a su captor y logró escapar. Más tarde se enteró de que "el viejo" era un orangután que planeaba llevárselo al interior de la isla para entregarlo a otros simios quienes como él, devoraban humanos*».

Lo cierto es que a Alcides ya no me lo podía sacar de encima. Respiraba a la par de mi persona, mi familia y mi trabajo. No le bastaban nuestros encuentros en la confitería. Insistía en vigilarme a la distancia, cuando iba por las calles camino a las casas de mis pacientes. Otras veces se subía a los colectivos o trenes en los que viajaba. Siempre respetuoso, debo decir. Si se percataba de que lo veía a lo lejos o lo ubicaba entre el gentío, desaparecía como el estallido de un flash. En otras ocasiones, se aparecía con compañeros, hombres iguales a él, como si se replicaran. En una oportunidad vi a cuatro de ellos, sentados, todos juntos. Una ilusión, seguramente. Así, sus actos de presencia en los lugares más insólitos no tardaron en hacerme sentir como una sonámbula o una hipnotizada, flotando entre una orilla y la otra, y viviendo, simultáneamente en realidades o mundos diferentes.

Para mi familia y los demás, Alcides no existía. En cambio para mí, el hombre aparecía y desaparecía según las circunstancias, por arte de magia o a causa de su "invisibilidad". Y sinceramente, yo creía que era esa invisibilidad la que me aseguraba de que él no pudiera comprometerme aunque se tomara o yo se las diera, libertades y oportunidades para seguir deslumbrándome con su personalidad inescrutable o bien, a ejercer ese extraño poder que tenía sobre mí. Hasta que sucedió lo inevitable. Sus interferencias comenzaron a molestarme. Tanto, que en más de una ocasión me negué a salir de casa convencida de que al establecer una mínima distancia le comunicaba la necesidad de controlar mi vida, hacer mis cosas, moverme con libertad. Y también dejar de envidiar a toda esa gente con la que me cruzaba en la calle, gente normal a la que hasta hacía muy poco soñaba con conocer, gente libre de este embrollo en el que yo misma me había metido en un momento cualquiera de mi vida.

Quería perderme entre esa multitud.

5

Nórdicos

Ayer, por la tarde, fui al cine. Alcides se sentó a mi lado en el momento en que comenzaba la película. Al finalizar la función, sugirió que fuésemos a tomar algo. Acepté. Porque de una vez por todas debíamos, él y yo, aclarar este juego sin propósito, esta singular conexión que me beneficiaba de alguna manera y me protegía de algo que por ahora, no podía identificar. ¿Lo sucedido en casa de Latorre, quizá? Ese asunto seguía pendiente. Pasaban los días, se sumaban los encuentros y Alcides no me informaba sobre el verdadero motivo de su presencia en la casona como tampoco su acercamiento a mí.

–Es hora que me diga la verdad.

–¿La verdad, Clara? Hasta ahora no le he dicho nada que no sea la verdad.

–Alcides, usted no es sincero conmigo. Realmente, no sé quién es. Qué es lo que hace. Dónde vive. Cómo se relaciona con los altos niveles del gobierno, si...

–Latorre le comentó algo –interrumpió.

–Por favor, no me ponga en ese compromiso.

–Permítame explicarle. No soy nada más que un vendedor de seguros de vida. En mi tiempo libre me desempeño como... bueno, ahora se lo llama "consultor", de estrategias, en ingeniería aeronáutica y espacial.

–¿Espacial? ¡Qué interesante! Mi hijo quiere dedicarse a

la...astrofísica, ¡eso es! –dije entusiasmada, tratando de conseguir algún tipo de información que lo ayudase a Pablito a decidir sobre sus estudios futuros.

–Una excelente elección. Cualquiera de esas dos disciplinas – aseguró. Como "consultor", él representaba a entidades corporativas dedicadas al avance de las tecnologías existentes, y a nivel internacional.

–Me consultan gobiernos como los de éste y otros países.

–¡Extraordinario! Alcides, entiendo que sus actividades sean secretas, que no pueda darme detalles, pero, como sabe, me intriga todo lo que usted hace porque no es como los demás, como la gente de aquí –señalé.

–Aplaudo su percepción, Clara. Sepa que disfruto y valoro nuestra amistad, si podemos llamarla así. Además, me disculpo si en alguna oportunidad la ofendí. ¿Sabe una cosa? Latorre tenía razón. No estaba en nuestros planes que usted me viera en la casona. Nos equivocamos. Pensamos que la penumbra de la sala haría un buen escondite. No, no soy un espía, no tenga miedo de eso. Soy un ser comprometido.

–¿Un "ser"?

–Sí, como lo oye. Un ser como lo es usted, yo, el señor y la señora sentados en aquella mesa y todo lo que vive en el planeta. Razas o conformaciones diferentes.

–¿Razas? ¿Conformaciones?

–Efectivamente, Clara. En primer lugar, mirémoslo desde el ángulo de la raza. Usted y yo tenemos puntos en común. Soy europeo, nórdico y según entiendo, sus orígenes germánicos nos ubican en el mismo bando.

No le respondí. Su comentario bastó para transportarme a mis años adolescentes, cuando poco después de la muerte de mi padre, mi madre y yo nos vinimos a vivir a Buenos Aires. Ya en aquel entonces me sentía diferente de los demás, "en otro bando" como acababa de decir Alcides. En la ciudad, en mi nuevo entorno, no pasaba desapercibida. Me conocían como la chica alta y rubia, la de los ojos azules, la alemana, la vikinga o lo peor de todo, "la Nazi" como me llamaban algunos brutos del barrio y la secundaria. Épocas de mi vida que prefería olvidar, incluyendo las visitas de esos parientes lejanos y otros conocidos recién llegados de Austria y Alemania, arruinados por la guerra. En aquella época, yo opinaba que eran gente trastornada que insistía en contar experiencias que no tenían nada que ver con lo que mostraban las películas americanas; alemanes derrotados, recibiendo jubilosos a los americanos redentores. No, pensándolo mejor, nuestros amigos encajaban con los vieneses de "El Tercer Hombre", deambulando por las calles lluviosas y oscuras de Viena, perseguidos a toda hora por la tonada pegajosa y burlona que identificaba a la película. Gente postergada, desesperada. Para sobrevivir, conseguir cigarrillos, una barra de chocolate o unas monedas, les mostraban a los vencedores sonrisas obsequiosas pero siempre apagadas. Allá, en Europa, las cosas se hacen mejor, protestaban la mayoría de los que venían a casa. En la Argentina nada funciona. La gente no es buena. En Europa había mucho orden, decía Natalia, la condesa rusa, amiga de quién sabe quién, refugiada de los comunistas, que aprovechaba estas reuniones, pensaba yo, para congraciarse con los presentes y repetir hasta el cansancio lo bien que la habían tratado los soldados alemanes, ¡los *Nazis*! Yo no le creía ni una palabra. Han pasado ya muchos años pero aun puedo verlos sentados en nuestra sala con su ropa impecable, pasada de moda, las mujeres cruzando las piernas ceremoniosamente y los hombres, bamboleando la que descansaba sobre la rodilla, fumando, tomando café y entre sorbo y sorbo, dejando caer una mirada melancólica sobre algún objeto de la habitación, a menudo sobre el retrato de mi padre a quien yo no estaba muy segura por qué, acusaban silenciosamente de haber sido –"que en paz descanse, pobre Eric"– un hombre de suerte y hasta un traidor por no haber sufrido como ellos la última guerra ni los estragos de Hitler. Entonces yo me levantaba y disimuladamente escondía el retrato en un cajón. –Con mi padre no se metan –murmuraba. En la cocina, Frau Heller lloraba –*Ach, Helga, war schreklich*, fue terrible–. Siempre amable con todos, mi madre respondía a sus lamentos con otra tajada de torta de manzana y refuerzos de café. En Berlín, agregaba Frau Steger, las cosas se habían puesto tan mal que tuvieron que comerse a los perros, gatos, ratas, cualquier cosa que se moviera. –Y hasta caballos, oh...*mein Gott!* ¡Mi Dios...qué pecado cometimos al hacer eso! –se recriminaba la mujer secándose las lágrimas con el pañuelo de encaje de puntilla empapado de agua de colonia que sacaba de la cartera. –¡Qué barbaridad! No me lo puedo imaginar –respondía mi madre meneando la cabeza. Al terminar la tarde, se retiraban en grupitos. Igor y su madre, la condesa, eran los primeros en partir. Me gustaba Igor, pero no nos daban oportunidad de charlar, de conocernos. Mi madre explicaba que el muchacho aparte de ser un nene de mamá tenía novia en Bélgica. Y a mí me esperaba Rogelio, mi noviecito de infancia, estudiando ingeniería en Córdoba y argentino, como nosotras. –Sobrevivientes, eso es lo que son... eximios prestidigitadores –afirmaba cuando lavábamos la loza entre las dos y criticábamos a nuestras visitas. –Se quejan mucho pero se las van a arreglar. Se adaptarán al país y mejorarán su situación. Muy pronto, ya verás. ¿Qué otra cosa les queda? –añadía.

Sentada frente a Alcides, se me ocurrió que él también tenía facha de prestidigitador. Pretendía ser un "consultor" pero quién sabe si en su tiempo libre no presentaba trucos de magia en algún circo como el Sarrasani.

–En cuanto a las conformaciones –continuó Alcides. –Tomemos los animales, por ejemplo. Un perro, un pájaro, una lagartija, una planta, todos ellos entes vivientes que habitan el planeta junto a nosotros y respiran el mismo oxigeno ¿verdad? Sin embargo, lo hacen dentro de una conformación ósea o una estructura diferente de la nuestra, los seres humanos, es decir, los seres humanos terrestres.

–Un ser humano...terrestre. ¿Usted cree que puede haber otro tipo de ser humano que no sea terrestre?

–Sí, lo hay.

No entendía lo que me decía, y lo miré sorprendida sin percatarme de que alguien se había detenido frente a nuestra mesa. Alcé la vista, y contemplé una versión femenina de Alcides. Tan alta como él y con los mismos rasgos excepto que venían iluminados por una gran sonrisa y encuadrados por una melena platinada, casi blanca.

–Clara, permítame que le presente a mi hermana, Asima.

–¿Su hermana? Mucho gusto, Asima. Soy Clara Glasser –dije, ofreciéndole la mano.

La mujer no me retribuyó el saludo. Lo esquivó o no pudo hacerlo. Se quitaba los guantes, y en sus meñiques mostraba la misma deformación que había visto en los de Alcides. Un problema genético, pensé. Entonces Asima alzó la mirada y sin pestañear, me observó por unos segundos antes de alejarse unos metros por el salón para buscar una silla desocupada. Cuando la encontró, la arrimó a nuestra mesa y se sentó junto a nosotros.

Asima, una mujer hermosa. De una belleza singular. Sus facciones, perfectas, consistían de una "simetría absoluta". Usaba la minifalda de moda y un par de botas ajustadas, blancas, que en sí ya era un detalle que no correspondía con la estación invernal.

«Sombrero negro, botas blancas y anteojos oscuros. En pleno invierno. Para este par de hermanos no existen las convenciones».

Alcides le preguntó si deseaba tomar algo.

Un vaso de agua.

—Mi hermano dice que usted cree que él es un espía —soltó a modo de presentación y con una expresión divertida.

Sonreí.

—Asima, un nombre interesante. ¿De origen escandinavo?

—Oh, no. Es muy antiguo. Significa "sin fronteras, sin límites." Con el tiempo se incorporó al sánscrito, razón por la que hoy en día es común entre los hindúes.

—Asima ¿sabes?, conversábamos con Clara sobre las características de un *ser humano* y que ella es un ser humano, terrestre.

—Nosotros tres, aquí, somos seres humanos terrestres. Es obvio. Respiramos el aire de este planeta —insistí con firmeza. Quería hacerles saber que no había perdido la lección.

Alcides guardó unos papeles en su portafolio, y propuso que estos temas eran muy importantes.

—Claro que para conversarlos debidamente necesitaríamos varias horas —dijo.

Concordamos. Hicimos una cita. En dos días, en el mismo lugar y a la misma hora.

6

Ángeles sin alas

No consigo dormir. Escucho el tintineo frenético de los caireles de la araña del comedor. Y de entre la oscuridad que me rodea, recojo la sensación de un congelamiento inminente, y que a la casa la está atrapando una telaraña gigante. No me siento bien.

Me levanto y voy al baño a tomar agua. El vaso se me cae de la mano; en cámara lenta lo veo estrellarse contra el piso.

Vuelvo a la cama. Rogelio ronca como si estuviese anestesiado. Trato de despertarlo. Me estoy ahogando, le grito. Necesito salir, tomar aire o ir directamente al hospital. Pero por más que lo sacudo, no me responde.

Oigo los ruidos externos. El tráfico de la avenida.

Dentro de la casa el silencio cae, pesado y recuerdo que no oí ningún ruido cuando el vaso se hizo añicos en el baño.

¡Los chicos! Intento acercarme a sus cuartos pero a mi paso, paredes, muebles, todo se cristaliza. Me sobreviene la urgencia de salir, de ir a otro lugar, pero no me puedo mover. Tengo mucho sueño. Miro la cama, quiero acostarme, dormir por largas horas. Pienso en hacerlo y me atacan dolores indescriptibles por todo el cuerpo. Me doy por vencida. Será mejor salir».

ΦΦΦ

Cumplía ocho años. Papá me había regalado La Bella Durmiente, un libro grande con hermosas ilustraciones. Antes de dormir, yo leía:

«La Bella yace en su cama de cristal, rodeada de cortinas hechas de telarañas, inmóviles, suspendidas en el tiempo. Para llegar a la Bella, el príncipe las corta con su espada».

El tren se detiene y desciendo en "Ciénaga Azul". Así lo indica el cartel solitario y polvoriento plantado al final del andén. Es un lugar desierto y abandonado. Me envuelve el silencio agudo y desgarrador de la nada comulgando a regañadientes con un viento quejoso y por momentos, enajenado. No llevo equipaje salvo mi maletín de enfermería. Y no entiendo por qué estoy aquí.

Me siento vigilada. Me refugio en la estación. A esperar. No sé a qué o a quién.

Pasan unas horas o así me parece. He perdido la noción del tiempo.

Entonces oigo llegar un auto.

Un desconocido vestido de negro entra a la sala de espera. Lleva sombrero y anteojos de carey. Me hace señas para que lo siga afuera hasta el único auto estacionado frente a la estación. El hombre abre la puerta de atrás. Me indica que suba. Adónde vamos, pregunto, confundida. No me contesta.

El auto devora kilómetros por una llanura ocre, inhóspita, matizada por maizales secos y remolinos de polvo. Reconozco el campo desierto que se ve en la película de Hitchcock, donde lo abandonan a Cary Grant a su suerte, a esperar algo o a alguien. Me aferro a esa imagen. Durante el trayecto y con el corazón en un puño miro por la ventanilla trasera el camino que vamos dejando atrás. En caso de que nos siga la avioneta y trate de eliminarnos.

Abandonamos la ruta y tomamos un camino interior. Unos kilómetros más antes de detenemos junto a un mojón.

Delante del vehículo y desde la tierra, emerge un portón de hierro que se eleva para que podamos pasar y descender por el túnel que ahí comienza y por el que llegamos ante una enorme puerta blindada.

El chofer me invita a bajar. Se abre la gran puerta y detrás de ella, aguardan Alcides y Asima quienes avanzan sonrientes para recibirme y tomarme cada uno de una mano. Yo camino entre sus altas, resplandecientes figuras sintiéndome muy pequeña y protegida por estos ángeles sin alas.

Subo con mis escoltas a una formación de vagones dispuestos sobre rieles. Viajamos por corredores circulares, luminosos, flanqueados por inmensos ventanales que revelan recintos parecidos a salas de cirugía o laboratorios y donde bajo enormes lámparas redondas se ven grupos de personas ocupadas en alguna tarea. Entre ellas distingo a Mercedes, joven y sana. Ella nos ve y saluda. Un hombre, que está de espaldas se da vuelta, sonríe y dice algo que no puedo entender. Es mi padre, también joven y sano, pero sin su uniforme.

Alcides, Asima y yo continuamos nuestro recorrido por el iluminado laberinto hacia profundidades desconocidas.

7

Revelaciones

Miré el reloj. Las seis de la mañana. A mi lado, Rogelio dormía. Y rápidamente, con descreimiento, fui recapitulando el viaje a Ciénaga Azul, la estación desolada y los recintos subterráneos por los que paseé con Alcides y Asima.

¿Un sueño? ¿Duró toda la noche? ¿Una hora? No tenía idea alguna, me dolía la cabeza, movía piernas y brazos con dificultad. Y además, tenía el camisón puesto ¿Viajé así, medio desnuda? No, seguro que no. Poco a poco comencé a recordar hasta los detalles más ínfimos de la aventura nocturna.

Aquella tarde, en la confitería, el ambiente se puso pesado. Me había hecho a la idea de que enfrentaría a mis rutilantes amigos y les transmitiría la profunda furia que sentía contra ellos. Hasta me crucé de brazos. ¡Tanta preparación! Fue todo en vano. Frente a ellos, la intrepidez que tenía almacenada por tantas horas se derritió como hielo al sol.

De pronto, me sentí inmensamente triste. Lagrimeé un poco y me puse a llorar. Un llanto amargo, parecido al que sigue el mohín de los chicos, suspendido, mudo, y a la espera de la descarga final.

Los hermanos me observaban con atención, visiblemente preocupados por la otra gente en la confitería.

Avergonzada, me levanté y fui al baño. Cuando regresé, seguían en el mismo sitio. Inamovibles.

Me senté junto a ellos libre de lágrimas y espejismos, y pude verlos tal cual eran aunque no entendiera por qué recién entonces saltaba a la vista el verdadero tono de su piel, blanquecino azulado, traslúcido, absolutamente perfecto, y tan bien disimulado bajo la ropa que llevaban. Inspeccioné sus portes estáticos. Los semblantes. Y también los ojos, que me parecieron enormes, hermosos como botones ovalados de color azul oscuro, mostrando chispas plateadas y, a intervalos, escamas doradas. Contenían expresiones indiferentes, parecidas a las de Rudi, el fox-terrier de mi madre. ¡Y qué decir de sus figuras! Se desdibujaban para volver a aparecer.

Asima se levantó y fue al mostrador para pedir algo. Cuando la seguí con la mirada descubrí que no caminaba sino que se desplazaba sobre un piso invisible, elevado a unos cinco centímetros del suelo. Increíble y emocionante, el espectáculo transcurría en horas de la tarde en una confitería de barrio ante los ojos de gente común y corriente, ajenos a lo que sucedía en la mesa 3 junto al gran ventanal. Aún con ganas de llorar, opté por reírme fuerte, a carcajadas. Me había reconocido por lo que realmente era, una novata cualquiera a cargo de una situación a la que no podía manejar. Clara Glasser, desviada accidentalmente del camino, sorprendida por seres poderosos que acababan de depositarla en un mundo nuevo y extraño.

–¿Comprende por qué no hemos sido más francos con usted? –dijo Alcides, rompiendo con la incomodidad del momento.

–Sí, sí…muy bien –respondí desafiante, dispuesta a poner las cartas sobre la mesa y desenmascararlos, quienquiera que fuesen.

Agregué–: Ustedes… ¿quiénes son realmente?

–¿Quiénes somos, Clara? Digamos que somos "solarios" o si lo prefiere, "exoterrenales". Venimos en una misión de paz –explicó Asima.

«Oh, Asima, eso no vale. Ya suena a una película de Tarzán. Cuando las papas queman y los salvajes están a punto de convertirlos en la sopa del día, los intrusos pronuncian el trillado "venimos en misión de paz"».

–¿Exoterrenales? ¿Qué quieren decir con eso?

–Que vivimos fuera del planeta y también en él.

No dije nada. Horas antes, en un momento de locura y

soltándole el barrilete a mi imaginación me atreví a fantasear con la posibilidad de que mis amigos provinieran de otro mundo. Solo que ahora, mis conjeturas se habían hecho realidad; me encontraba frente a ellos y me vencía la revelación. Los miré directamente a los ojos. Sentí escalofríos. Y de mis entrañas subía una efervescencia que me llegaba hasta la garganta. Y tuve que aceptar que en mi existencia se producía un cambio o un abrupto despertar. En otras palabras, estaba a punto de embarcarme y hacer un viaje del que no regresaría jamás. Desesperada, pensé en mis hijos mientras trataba de controlar mis ganas de gritar y gritar, de buscar ayuda. Mi único problema era que no sabía cómo, dónde ni a quién pedírsela.

—Aquí nos llaman "alienígenas" –continuó Asima como si no hubiera pasado nada, mirándose coquetamente en el espejito de una polvera que acababa de sacar de su bolso. Se volvió hacia mí y dijo–: Créame, Clara, ese término es más que lamentable; es descuidado y se lo usa indiscriminadamente; por ejemplo, cuando necesitan referirse a "supuestos" habitantes de otros planetas. Nada más alejado de la verdad. Alienígenas es otra cosa. Me consta que se refieren a esas entidades que llegan en platitos voladores, con antenas de colores en la cabeza, tal como salen en las historietas o en las películas. Nada que ver con nosotros que no somos "supuestos" sino una especie diferente, progenitora, una forma ancestral de la raza humana que visita este lugar desde hace por lo menos doscientos mil años y al que colonizamos en varias ocasiones. África, Sumer, América del Norte y este mismo continente. Nunca nos marchamos del todo, le aseguro. ¿No sería entonces más apropiado que nos llamaran "indígenas"? ¿Usted…qué opina? –preguntó con tono sobrador, guardando la petaquita en su bolso.

—No tengo opinión. Sólo espero que no se estén burlando de mí– respondí, mirándola con desconfianza.

—Le decimos la verdad.

—Muy bien. Me confirman que vienen de otro lugar, de otro planeta. No tengo idea de dónde y en este momento ni creo que me interese. Evidentemente, aquí ya no hay confusión posible, salvo por lo más importante: No entiendo qué quieren de mí.

8

La visita

Al día siguiente, a la hora de la siesta, sonó el timbre de casa. Me sorprendí, no esperaba a nadie. Abrí la puerta y me encontré con un hombre alto, de mediana edad que se presentó inmediatamente como un oficial de investigación del Ministerio de Aeronáutica. Quería hacerme unas preguntas, dijo.

–¿Sobre qué? –pregunté, inquieta.

–Sobre el Brigadier Latorre y su esposa.

–La señora Latorre falleció. Mire… ¿oficial?...

–Bermejo. Marcelo Bermejo, señora.

–Gracias. Como le decía yo me encargaba de la señora Latorre, y solamente como su enfermera particular. Al brigadier no lo conocí muy bien.

–Lo sabemos –dijo. –Pero en estos momentos nos interesa aclarar algunos otros detalles –insistió.

El hombre parecía decente.

–Está bien. Pase.

Cuando le ofrecí algo para tomar, aceptó. Se sentó en el sofá y colocó un expediente sobre la mesa ratona. Pero al servirle el café alcancé a ver que la carpeta que había traído decía "LATORRE", en letras grandes, cuadradas, debajo del escudo de Aeronáutica con alitas en la base que había visto tantas veces en casa de los Latorre. Junto al rótulo se habían estampado sellos de tipo oficial, y el más grande leía "Entrada" con fecha y garabatos.

¿Qué quería conmigo esta gente de Aeronáutica? Latorre no me caía bien, pero ahí terminaba todo. Para calmarme los nervios asumí que la visita debía ser parte de una investigación de rutina por el importante cargo que ocupaba el brigadier en el ministerio.

Bermejo bebió el café y colocó la taza sobre la mesita. Tomó el expediente de la pila, lo abrió y comenzó con su interrogatorio.

—Señora Glasser, Clara ¿verdad? Dígame, por favor, ¿por cuánto tiempo atendió a la señora Latorre?

—Un año y medio, más o menos.

—¿Cómo consiguió el trabajo?

—Ah...me recomendó el doctor Logan, del Instituto Roffo.

—Bien. Y Logan ¿era el médico de cabecera?

—No. A Mercedes Latorre la atendía Federico Correas.

—¿Sabe dónde tiene Correas el consultorio?

—Ni idea. Pero si no me equivoco, es uno de los socios de la Clínica Ferrante, en San Isidro.

—El último día que usted atendió a Mercedes Latorre, ¿recuerda algo en particular?

—No... nada.

Bermejo escribió algo, levantó la cabeza y ordenó –: Haga memoria, señora, por favor.

—Bueno...el doctor Correas indicó aumentar la dosis de morfina.

—¿Cuánto?

—El doble de la que se había asignado para esa semana.

—¿Y fue usted quien la administró?

—Sí... claro, siguiendo las instrucciones de Correas y también las del brigadier.

—Su familia o la de su marido es judía ¿verdad? –preguntó.

–No…somos luteranos –contesté. –Perdón, ¿qué tiene que ver mi religión con el caso de Mercedes Latorre?

–Nada, no se alarme, señora. Se me ocurrió que el apellido Glasser podía ser judío. Eso es todo.

Se hizo una pausa. El oficial la aprovechó para escribir algo más en el expediente.

–No la molesto más, señora –comunicó cerrando la carpeta y levantándose para irse. Al salir, comentó con una sonrisa –: Le agradezco la colaboración. Y también el café, ha sido usted muy amable. Que tenga muy buenas tardes.

9

Hipontia

C on la visita del oficial de Aeronáutica y el resto de las curaciones, el día me resultó agotador. Sin ánimo de entregarme a la impaciencia ni a la desesperación, lo primero que hice cuando nos reunimos en Los Tres Amigos, fue contarles a los hermanos el extraño episodio de esa tarde.

—No debe preocuparse —dijo Alcides.

En retrospectiva, la respuesta no debió haberme sorprendido. Aun no habíamos abordado el tema de la muerte de Mercedes. Y yo, ya comenzaba a comprender que para saber algo más sobre ese tema debía sacárselo a fuerza de tirabuzón.

—Originamos de Hipontia, un planeta que ya no es habitable.

—¡Cuánto lo siento! ¡Qué lástima! Habrá sido maravilloso vivir en algún otro lugar de la galaxia. Y ahora, ¿dónde viven?

—Como decíamos, vivíamos en Hipontia, pero eso fue hace mucho, mucho tiempo, antes de que lo destruyeran las altas temperaturas de las estrellas vecinas. Tuvimos que abandonarlo. Ahora residimos en una enorme nave nodriza y en algunas temporadas, aquí, en la Tierra.

—¿Una nave nodriza?

—Así es. Una nave similar a un crucero que navega por el espacio. Periódicamente, nos deposita en la Tierra para que vivamos en todas partes. O en cualquier parte. En los centros urbanos. En el campo. Preferimos los océanos y los lagos; en los refugios acuáticos son muy pocos los terrestres que nos pueden ver o percatarse de nuestra presencia.

—…

—Intrincado, enrevesado, sin principio ni fin, vasto…así es el universo, Clara —opinó Asima. —Y permítame informarle que la Tierra no es el único orbe que contiene vida. Es más, dentro del sistema solar, es uno de los más pequeños. Y más allá, en la inmensidad de las galaxias, existen mundos comparables, habitados por seres similares, compatibles.

—Como también una gran variedad de otras entidades —confirmó Alcides. —Terrestres o no, habitamos todos un conjunto de burbujas o planetas, cada una de ellas de una dimensión o realidad diferente. Tan diferente, para darle un ejemplo, como la superficie de la tierra y la profundidad del mar. Dos ámbitos. Dos dimensiones. Dos realidades.

—Clara, permítanos sugerirle lo siguiente. Que haga un esfuerzo por "olvidar todo aquello que ha aprendido y recordar todo lo que ha olvidado" —dijo Alcides.

—¿Olvidar? ¿Recordar? —pregunté mirando a uno y otro, como una espectadora de tenis.

Asima me apuntó con sus ojos misteriosos. —Otro detalle. La forma humana es muy común en el universo. Y por cierto hay otros humanoides en residencia en el planeta, de los que no se tiene noticia, porque no se los puede ver. Criaturas que viven cuidadosa y sigilosamente a resguardo de los humanos terrestres. Lo que quiero decir es que los "terrícolas" no son tan únicos ni tan especiales como se lo creen.

—¿Terrícolas?

Vaya a saber por qué Alcides y Asima insistían con tantos detalles de su trayectoria estelar. Yo los escuchaba como en un sueño, a gran distancia de ellos, siempre consciente de estar sentada a pocos centímetros de seres extraordinarios.

Los hermanos me observaban con mucha atención. Ni que me hubiera desvanecido frente a ellos.

–Clara, no nos tenga miedo –rogaron.

«¿No debería ser al revés?»

Los tranquilicé. No, no me asustan, dije.

ϕϕϕ

Consideré la incongruencia de la situación. Ellos, yo, mi familia, mis vecinos, el público en general. La humanidad. Y para no perder el hábito me refugié entre mis referentes, las películas de Hollywood, ésas que por tantísimos años se empeñaron en presentarme a los extraterrestres como entidades oscuras y monstruosas.

Alcides y Asima no eran monstruos. Todo lo contrario. El aspecto físico era normal. ¿Asustarme, yo? ¿De qué? ¿De dónde venían? De alguna de esas galaxias en el "multiverso", como decían ellos o, hasta de mi propia imaginación. ¿Qué tendría eso de raro? Para mí eran un par de seres amables, civilizados, y evolucionados. Y eso ya era mucho pedir en nuestra sociedad actual.

Los hermanos me fascinaban. Sus presencias tenían la virtud de transformarme y eso estaba bien. Excepto por el entrometimiento de un problema mío, inmediato y banal. Que tenía que ver con mis fantasías, y con una situación tan fuera de lo común, exacerbada al límite. Francamente, la experiencia que yo estaba viviendo no le sucedía a la mayoría de la gente. ¿Por qué a mí, entonces?

«Así es, Clarita. ¿No te parece entonces que una ocasión como ésta merece otra presentación, más cinematográfica, de la que definitivamente careces? Mirate al espejo. No tenés nada en común con las glamorosas heroínas del cine. Ése es el primer problema. Tu aspecto es sencillo, por demás. Hoy mismo llevás ropa de trabajo, sweater, falda y un abrigo. Zapatos cómodos para caminar cuadras y cuadras. Tu pelo es lacio, rubión, con un corte común. Nunca quisiste perder el tiempo en la peluquería. Betina, cuanto más simple, mejor, le encargás a tu peluquera. »

–Es que según Rogelio, me queda bien. ¿Será sincero?

«Tampoco te gusta usar maquillaje ni se te ocurriría aparecerte toda emperifollada junto a esos periodistas de la televisión para revelarle al distinguido público del país tus peculiares intercambios con seres de otro planeta. O que te fotografíen junto a la despampanante Asima. No, no te preocupes por eso porque ni ella ni Alcides aceptarían estar en primer plano. Se manejan con cuidado. Tampoco sos material para tapa de revista ni te pintarías la boca en forma de corazón con un lápiz de labios rojo intenso para pedir auxilio a grito pelado desde el techo de un edificio. Eso sí que sería dramático. Y completamente fuera de la realidad. »

Sí, es verdad, no es mi estilo.

φφφ

─Tienen mucho que explicarme ─dije.

─De acuerdo, Clara. Y será importante que lo hagamos.

Frente a ellos, a merced de su escrutinio y con una buena dosis de disimulada desesperación, me concentré en las preguntas que me surgían a borbotones. ¿Por qué estaban aquí, por qué se habían metido en mi vida, por qué tenía yo visiones o emprendía un viaje como el que acababa de hacer a ese campamento o base subterránea en aquel sitio desconocido y alejado? Y lo que me parecía todavía muchísimo más extraño: ¿Qué hacían allí mi padre y Mercedes?' ¿Cómo consiguieron transportarme hasta ese lugar? ¿Cómo fue que a la mañana siguiente me desperté como si tal cosa en mi cama, junto a mi marido? Y por último: ¿cómo se conectaban ellos con lo sucedido en casa de Latorre? ¿Por qué habían enviado a alguien de Aeronáutica para interrogarme sobre la última noche de Mercedes?

─Muy razonables sus inquietudes, Clara ─respondió Alcides. ─Pero me temo que para satisfacerlas, necesitamos más tiempo y que usted esté más calmada. ¿Qué le parece si nos encontramos mañana, por la tarde, en algún otro lugar? Usted elija.

─¿En la placita que está al lado de la estación de tren? El lugar parece tranquilo y privado.

─Siempre que le sea posible, que disponga del tiempo.

─Sí, por supuesto. A las cuatro de la tarde, en la placita.

10

Un mercado al aire libre

Llevaba caminando una media hora o un poco más. De pronto, percibí que me seguían. Es mucha la gente que transita la vereda, pensé. Sin embargo, los pasos se acentuaron y casi me pisaban los talones. Me di vuelta para ver quiénes eran y alcancé a distinguir un par de sombras, escurridizas que se me adelantaron transformándose en dos niños de cabezas grandes, brazos muy delgados y manos con dedos largos y puntiagudos. Me hablaron, los dos a la vez:

–Es hora de partir. Viaja con nosotros, niña.

Pero antes de que pudiera decir palabra, se pusieron a cantar:

"Ven con nosotros, oh...niña
Viajemos iluminados por el resplandor del sol...
Oh, ven con nosotros, niña."

Nunca había escuchado nada igual, una música monocorde, misteriosa y capaz de captar en una simple melodía todas las expresiones del universo que nos rodea: los árboles, la brisa, las alegrías y las angustias. Me esforcé en recordarla, en canturrear esa cadena de notas que minuto tras minuto iba olvidando.

Los niños se alejaron.

«Nada más que un producto de mi imaginación. Una pérdida de tiempo. Tengo que apurarme, llegar a casa.»

Pasé frente a La Estrella del Sur, la panadería del barrio y decidí entrar. Empujé la puerta y me encontré en algún lugar del África.

«Un mercado al aire libre. ¡Estoy en un mercado, por Dios! Todo vibra intensamente: gente, ruido, colores. Los aromas se expanden, multiplican. Mis sentidos se agudizan y con mis cuatro, veloces patas recorro la vía principal y otros rincones buscando qué comer. Los vendedores me patean. Hay otros. Se me acercan. Me husmean. Gruñen a corta distancia. Me acosan. Presiento grandes peligros. Comienza a llover. Corro un poco más y me refugio debajo de un enorme puesto de frutas donde lenta, progresivamente, voy tomando forma humana.

Consigo ponerme de pie y vocifero. A los transeúntes. Les ofrezco ristras de ajo y especias que guardo en un gran canasto. Pero todos ellos pasan de largo. No me ven. No me oyen. No me hablan. Soy invisible».

En un abrir y cerrar de ojos me encontré caminando por la avenida Maipú con un paquete de masas en una mano, y en la otra, una bolsa con pan.

Llegué a casa tan agotada como si acabara de regresar de una exploración por continentes lejanos, sintiéndome complicadamente furiosa conmigo misma, y también con los hermanos, titiriteros maestros de este teatro fantástico. No dudaba de que habían sido ellos quienes en menos que canta un gallo me convirtieron en una muñeca de trapo que actuaba y bailaba según les convenía ¡Qué atrevimiento! Un viajecito al África. ¿Una muestra de sus poderes o una lección? ¿Una broma o una conexión diabólica?

–¿Dónde estuviste? –preguntó Rogelio, molesto.

–Fui… hasta África, nada más.

–Hablá en serio, podrías haber avisado. ¿una notita?

Me quedé en medio del living con la bolsa en la mano, mirándolo a ese hombre, mi marido, a quien ni mi presencia ni mi silencio le impedían continuar la lectura de su diario de la tarde. Y me pregunté cómo fue que llegamos a convivir en una misma casa, tener hijos y estar como lo estábamos en ese momento, a kilómetros de distancia, el uno del otro.

Mi soledad era aplastante. Pasaban los días y yo no encontraba a quién confiarle lo que me había estado sucediendo últimamente ni la experiencia que acababa de vivir. ¿Quién me lo hubiera creído? Nadie. Esa persona no existía, mucho menos entre mis íntimos comenzando con Rogelio, mi marido, siempre dispuesto a compartir con sus amigos y colegas los sacrosantos datos científicos y la comodísima rigidez de pensamiento. Ni hablar de nuestros amigos. Está loca de remate, murmurarían sin que yo pudiera defenderme o explicar lo inexplicable, si es que en realidad les interesaba saberlo. Como tampoco aclararles que me resultaba difícil encontrar un equilibrio entre ese mundo fantástico, encarnado por Alcides y Asima, −en el que participo por propia voluntad, o tal vez, curiosidad, aun no lo sé− y el de mi existencia personal, prosaica, reducida desde el día en que me casé al trabajo, a la familia y al hogar. Así que desde mi silencio, quise gritarle a toda esa gente descreída o a cualquiera que me quisiera oír: «Señores, tomen nota, que no todo es lo que parece ser».

Esa noche, con el alma colmada, regresé a mis hábitos de niña y me arrodillé al pie de mi cama, a rezar. Quería recuperar mi antigua fe y rogarle al Todopoderoso que me guiara, que me ayudara a despertar de la pesadilla, me perdonara por la muerte de Mercedes, por mis transgresiones y por haber dudado tantas veces de Él.

11

En la placita

El día amaneció frío y nublado. Alcides, Asima y yo nos encontramos en la placita de la estación del tren. Buscamos un lugar donde sentarnos pero todos los bancos estaban ocupados por madres con bebés en cochecitos y alguno que otro anciano con bufanda y sombrero leyendo el diario. Me indigné. ¡Hacía tanto frío! ¡Qué inconsciencia traer niños a la plaza en un día como éste! ¿O no se daban cuenta de que podían pescarse una pulmonía? Y los viejos también. Y así, de repente, la pequeña plaza se transformó en un lugar ajeno y deprimente, que no se conectaba con mis recuerdos de aquellos tiempos felices cuando Rogelio y yo llevábamos a los chicos a jugar allí. A pesar de ello, insistí en buscarle a ese parque marchito horizontes que no existían o que posiblemente nunca existieron. Fue inútil. Las madres, los niños y los ancianos me molestaban cada vez más. Los veía inertes, estratégicamente ubicados en bancos y senderos como piezas de ajedrez.

Nos quedaba una hora y media de luz. Levanté la vista y vi a un par de mujeres sentadas en uno de los bancos de piedra. Nos observaban, fijamente. Me llamaron la atención sus vestidos, en rojo y negro, cargados de volados, al estilo de las bailarinas de flamenco y también sus peinados, a la antigua, con un rodete en la nuca. Una visión completamente fuera de lugar.

Poco después las mujeres se levantaron y desaparecieron.

–Este lugar no me parece una buena idea ¿Qué tal el café de enfrente?

–Sí, sí –respondieron los hermanos. –No es un buen lugar. Definitivamente, no es un buen lugar.

Me disculpé.

Cruzamos la calle y comenzó a nevar. Muy sorprendida, les comuniqué que el fenómeno era insólito en nuestra ciudad.

–Lo sabemos –dijeron continuando en dirección del café.

Yo fui tras ellos hasta que un impulso me hizo mirar hacia atrás, hacia la placita. La curiosidad no me convirtió en sal como a la mujer de Lot sino que me permitió contemplar una estampa antigua que cobraba vida al amparo de un cielo bajo y plomizo. Insistente, callada, la nieve caía en copos blancos y amarillos sobre las madres, sus bebés en los cochecitos y los viejitos con bufanda y sombrero leyendo el diario. Todos ellos permanecían en sus sitios. Inmóviles. Al mal tiempo buena cara, pensé. Hasta que unas pocas, oscuras figuras irrumpieron por los senderos, corriendo en todas direcciones, buscando guarecerse de la inclemencia invernal.

φφφ

El café de enfrente era abrigado, ruidoso y maloliente.

Me senté junto a los hermanos y miré por la ventana. Había dejado de nevar y la placita estaba desierta.

En tanto, mis acompañantes hablaban entre sí sin esforzarse por cambiar el tono ni el volumen de sus voces. Casi no los podía oír.

Alcides quiso saber cómo me sentía.

Fue en ese momento que rompí toda contención. A los gritos, aprovechando el bullicio del entorno, les conté la experiencia del mercado africano y les exigí una explicación.

Me escucharon, serios y corteses. Pero no aportaron nada.

Irritada, insistí en que necesitaba más información.

A su debido tiempo, prometieron. Debía tener paciencia.

–Clara, ¿le comentamos que Hipontia, nuestro planeta de origen, está cerca de una estrella de la constelación de Andrómeda que ustedes llaman Sirrah, una voz árabe que significa "ombligo de caballo"?

—No, no creo. Andrómeda sí, el planeta sí, pero la estrella, no —respondí indiferente y de mal humor.

—Nos sorprende que entre las miles de lenguas que se hablan en este planeta no exista, excepto por el árabe, un vocablo para el ombligo de caballo. Evidentemente, son pocos los terrícolas que se detienen a pensar que los caballos, como cualquier otro mamífero, tienen ombligo. Un detalle sin importancia, dirá usted, excepto que para nosotros, el caballo es sagrado. A Hipontia se lo conocía por sus caballos. Razón por la que familiarizamos con los equinos a nuestros descendientes, las etnias que poblaron el norte de Europa. Hicieron buen uso de ellos, como por ejemplo, las valkirias que describen las sagas nórdicas, doncellas guerreras que no eran deidades como piensan muchos sino terrícolas. Formaban parte de las huestes del dios Odín y buscaban caídos en los campos de batalla para darles el brebaje divino, sanarlos y organizar su futuro en otra dimensión, cerca del dios. Aún hoy, les rendimos homenaje. Y nos oponemos categóricamente al sacrificio de estos magníficos animales y maldecimos a quienes lo practican. Son muchos los pueblos que han sufrido las consecuencias.

«Ya es hora que despiertes, Clarita. No están interesados en la experiencia que viviste… no les interesa en absoluto. Ahora te hablan de caballos, de valkirias ¿O acaso creen que esas historias te conectan a tus raíces germanas? ¡Por Dios, te redujeron a un perro callejero en un mercado africano! Y ellos, tranquilos como si nada. Te ignoran. Deliberadamente. Tu estado de ánimo no cuenta. Tienen una agenda predeterminada.»

Y como la indiferencia que demostraban me parecía el colmo del descaro, encendí un cigarrillo. Quería provocarlos y lo conseguí. El humo les molestaba y además, el ambiente del café ya venía recargado. Me encogí de hombros. Me daba igual. Me divertía verlos espantar el humo echándolo a un costado con sus grandes brazos como aspas de molino. Pero entonces me vi a mí misma y me avergoncé. Me estaba comportando como una chiquilina malcriada.

«Es que tenés tus razones, Clarita. Ya no podés regresar al deslumbramiento anterior cuando con cada nueva sorpresa te hacían tambalear. Y seamos sinceras, no se han portado muy bien contigo.»

12

Telepatía

Aunque por esos días andaba bastante preocupada por la inesperada visita del oficial de Aeronáutica y tenía muchísimo trabajo, a fines de esa semana me las arreglé para encontrarme con los hermanos. La razón era muy simple. Reunirme con ellos me distraía del malestar que me invadía día a día y no lograba identificar. Se me ocurrió preguntarles cómo hacían ellos para expresarse en el lenguaje humano.

—Nos entrenan —explicaron. —Cuando necesitamos establecer una interacción con los terrícolas.

—El caso de ustedes conmigo —señalé.

Asintieron. No confiaban en las palabras. Enmarañan el pensamiento y son un ruido infernal; y al final, no dicen nada. ¿No fue Pitágoras quien declaró que el "silencio es sagrado," y también la "primera piedra del Templo de la Sabiduría"?

—El lenguaje limita —intervino Asima. —Cada palabra que decimos o escribimos se entiende únicamente por el marco de referencia de lo que esa palabra representa para la persona que la recibe.

—Muy interesante. Estará bien para ustedes, pero nosotros, los terrícolas, nos comunicamos con las palabras —remarqué con ironía.

—Al mismo tiempo, tenemos la contracara de la moneda, porque las palabras son como el viento, capaces de abrir o cerrar los accesos a importantes secretos. Por eso es necesario darle su peso a cada una de ellas; las palabras tienen un gran poder. Y las imágenes verbales se absorben. Cuanto más se repite una mentira, más se aproxima a una verdad –señaló Alcides.

–Entonces ¿dónde originó el lenguaje terrestre?

–Ah… un enigma. Podría derivar de uno de los tantos modelos genéticos que hizo que los terrestres abandonaran habilidades tan útiles como la telepatía, la clarividencia o la invisibilidad. Una verdadera catástrofe –reflexionó Asima. –Sospecho que el abandono de esas habilidades pudo haber sido programado. O manipulado al servicio de un plan.

Asima interrumpió el hilo de mis pensamientos y como ya era su costumbre, se pronunció, condescendiente –: Preferimos la telepatía. Es rápida y segura. Se hace por flashes que aparecen en nuestras frentes, como refucilos. Muy fáciles de leer –.

« ¿Refucilos? No los había notado. Será porque hablan hasta por los codos y los utilizan únicamente cuando están solos».

Pregunté –: Alcides, ¿podría yo aprender a usar la telepatía? ¿No acaban de decirme que los terrícolas teníamos esa habilidad pero la olvidamos?

–La olvidaron porque la abandonaron –rezongó Asima.

–Sí, Clara, por supuesto. Una habilidad que le vendría muy bien. No, no es necesario que se entrene, le bastará con ser receptiva.

–Comencemos ahora mismo –dijo chasqueando los dedos.

De inmediato recibí una corriente de señales y pensamientos, similares a los textos que imprime una máquina telegráfica. Le siguieron imágenes, ideas. ¡Era de no creer! Los hermanos me estaban comunicando que para vivir entre nosotros, como "visitantes silenciosos" y no llamar la atención, reducían su tamaño y usaban camuflajes. Porque eran gigantes.

13

Indetectables

Gigantes. Insaciable, absorbí la avalancha de información. Pero no sabía cómo responderles telepáticamente. Entonces, decidí hablar.

–Ustedes dos ya llaman la atención. Son mucho más altos que la gente de este país. Y en su caso –dije sonriendo –tenemos el sombrero negro.

–¿El sombrero negro?

–Sí. Y esos anteojos pesados.

Desconcertados, se miraron el uno al otro.

–Nos sorprende, Clara. Estábamos bajo la impresión de que nuestra presentación era aceptable, que nos incorporaba al grueso de la población. Vea aquí. Este manual nos da pautas de cómo vestirnos e interactuar socialmente con los terrícolas. Lo hemos seguido al pie de la letra.

Alcides me entregó un cuaderno común, de tamaño regular. En la cubierta y en letras grandes, doradas, decía: *Cómo vivir entre humanos.*

–Un momento, lo puede ver pero no se lo puede guardar –remarcó Asima, mirándome con desconfianza.

Abrí el cuaderno. Lo hojeé. Una tras otra las páginas ilustraban diferentes tipos humanos o humanoides.

–¿Y éstos? ¿Quiénes son?

–Entidades híbridas –explicó Alcides apuntando a las páginas con el dedo. –La cruza de alienígenas con humanos. Como puede apreciar en estos dibujos, el aporte masculino proviene mayormente de los grises.

–...

–Grises. Un grupo alienígena muy conocido –informó Asima.

–Y las entidades que ve aquí son el resultado de los experimentos genéticos. También se han hecho cruzas con entidades más exóticas. Pero en la mayoría de esos casos, los vástagos resultaron en desaciertos.

–No entiendo para qué producen esta gente, si se la puede llamar así...

–Un sinfín de razones. Al punto de la extinción, los grises necesitan procrearse y revitalizarse. Y producir híbridos que trabajen para ellos, aquí en la Tierra. El arribo continuo de híbridos y otras entidades a nuestro medio es un fenómeno reciente. Para ponerlo en otros términos, los híbridos vienen a hacer el "trabajo sucio" de las otras entidades.

A punto de desmayarme pregunté–: ¿Con qué propósito?

Los hermanos bajaron la cabeza.

–Nada bueno–admitió Asima.–Uno de sus objetivos es integrarse a la raza humana.

–Esto se está poniendo muy desagradable.

–Comprendemos su pesadumbre.

–¿En serio? ¿Tienen ustedes alguna idea de lo que me ocurre a mí cuando me revelan estas barbaridades?

–Por favor, Clara. La comprendemos pero por razones que en estos momentos no estamos en situación de explicarle –agregó Alcides tratando de calmarme.

Ya se les había hecho rutina. Tenerme en vilo. Todo lo que necesitaba saber me lo explicarían más tarde. Vamos, que yo no era una niñita a la que si se portaba bien y no hacía preguntas escabrosas, le prometían caramelos.

–Continuemos –insistí. –¿Cómo fuerzan estas uniones? Según

veo aquí, el aporte humano proviene de mujeres ¿verdad? Y no creo que éstas lo hagan voluntariamente, que estén dispuestas a manufacturar híbridos. ¿Cómo las convocan?

–Tiene razón. No hay voluntarias. Primeramente, las identifican. Luego las capturan. O las abducen.

–¡Por Dios! ¡Contra su voluntad! Eso es criminal. ¿Y adónde las llevan?

–Los métodos que utilizan no son muy "católicos", como se dice aquí –comentó Asima, muy seria.

–No responden a mi pregunta –dije, golpeando la mesa.

Mi reacción los sobresaltó. Pero recobraron su compostura.

–Las impregnaciones…se hacen en laboratorios.

–¿Cómo aquellos que vimos en Ciénaga Azul?

–Similares –confirmó Asima, desviando la mirada.

–Ah, ya veo. Entonces ustedes también se dedican a los experimentos genéticos. Al igual que los grises. No son mejores que ellos.

–Es verdad, pero lo hacemos cuando es necesario –agregó Alcides, asumiendo un semblante inescrutable.

Sentí un leve mareo. Quise saber más.

–Y esta gente vive entre nosotros ¿verdad? –continué, señalando las figuras. –Necesitan camuflarse con maquillaje, pelucas y quién sabe qué otra cosa más. Ah…esta página indica hasta qué tipo de ropa usar. Lentes de contacto, por supuesto. También anteojos oscuros.

–Sí…anteojos… nosotros también los usamos porque como ya se habrá dado cuenta, Clara, nuestros ojos no son de un tamaño normal.

–Sí, es verdad, son un poco grandes.

Les miré la ropa. –Aceptable, pero pasada de moda. Mire, Alcides, esos zapatos que lleva, combinados, de cordones. ¡Cómo no van a llamar la atención! Son de hace más de treinta años. Los usaba mi padre.

–Resulta que este manual o las copias que existen, unas siete en total, lo preparó un agregado militar nazi, a principios de los años cuarenta. En Berlín.

–No veo la relación.

–La conexión con los nazis es muy importante.

La sola mención de los nazis me ponía nerviosa. Cambié de tema.

–Asima se viste mejor que usted, Alcides –dije, notando que las figuras del manual comenzaban a esfumarse, rápidamente.

« Esta información debe ser muy delicada. Se supone que no la debo retener y si recuerdo algo, no será más que una memoria lejana».

–Los anteojos –continué sin darle importancia a lo que sucedía. –La solución sería un tinte suave, aplicado a los lentes. De otro modo, deberán limitarse a usar los oscuros. Y también llamarían la atención. Estamos en invierno. Los días soleados son pocos.

–Muy bien, de aquí en adelante nos asesoraremos mejor. ¡Al diablo con este manual! –dijo Asima, tomándolo bruscamente de mis manos y guardándolo en su bolso. Parecía ofuscada y tuve la impresión de que se disponían a dar por finalizada la reunión.

–No hemos acabado con el tema de los híbridos. Y eso me preocupa, muchísimo. Ya que aparte de que existen, que están por todos lados, no me han dicho nada –protesté.

–No se inquiete, Clara. No hay razón para alarmarse.

«Sí, por ahora». No les creía ni una palabra de todo lo que me decían de los híbridos pero quería extender la conversación. Insistí con el aspecto físico y en que, excepto por ese tinte azul que me recordaba a un artículo que había leído hacía un tiempo sobre esa tonalidad de piel entre gentes del norte de África, se me hacía casi imposible distinguirlos a ellos, Alcides y Asima, de los humanos comunes.

–Indetectables –afirmé.

–Es bueno saberlo. Facilita las cosas. Porque como usted dice, Clara, somos mucho más altos que los terrestres. Medimos hasta unos tres metros o más.

14

Tot, el Atlante

En la siguiente reunión nos concentramos en el tema de las marcadas diferencias físicas que se encuentran entre las otras etnias galácticas.

–¿De qué diferencias hablamos? ¿No son acaso como ustedes, tipo humanoide o parecidos a los híbridos? Asima dijo que la forma humanoide es muy común.

–Las diferencias son estructurales, tipo saurio o reptil, *y* también "insectoide" gigante, parecida al insecto que ustedes llaman mamboretá o mantis religiosa. Hay otras, no estructuradas, de pura energía, auto-dirigidas desde sus cerebros computarizados –agregó Asima con autoridad.

«¿Reptiles? ¿Mamboretá? ¿Pura energía? ¿Cómo fantasmitas? Qué disparate. No pueden estar hablando en serio.»

–Ah…pero un momento –interrumpí. –Eso ya lo contaban las películas japonesas. Toda una industria.

–Estamos al tanto –respondió Alcides, tajante. Y agregó: –Sepa Clara que estos saurios residen en este planeta. A cientos de metros de profundidad. Muy escondidos y sigilosos. De vez en cuando salen a la superficie.

–…

–Ah, Clara, entonces usted no aceptará su existencia hasta que se encuentre cara a cara frente a unos de esos cocodrilos erguidos

–dijo Asima, con sorna.

Alcides interrumpió a su hermana con una mirada recriminatoria.

–Le aseguro que son muy poderosos. Además, se mimetizan como las mariposas y los camaleones tomando el aspecto de lo que los rodea. Entre animales, son animales; entre humanos, humanos. ¿Cómo lo hacen? Pues, induciendo la mente humana con la imagen que ellos deciden proyectar. Para mejor ilustrar lo que le estamos diciendo, el método que utilizan no funciona con una cámara fotográfica común ya que, al menos por ahora, las cámaras terrícolas no tienen la tecnología de avanzada que en un futuro no muy lejano se llamará digital, ni una "mente" que pueda ser inducida, por lo que la película captará la verdadera imagen de la entidad. Más de uno se ha llevado un susto terrible al recoger de la casa fotográfica los rollos que mandó a revelar. Muy gracioso, por cierto –explicó Alcides mostrando las primeras señales de algún sentido del humor.

–Ahora bien. La mutación física o la apariencia de ella es un fenómeno que ha ocurrido desde siempre. Y repetimos, se reduce a una "manifestación del pensamiento". Por ejemplo. Quiero convertirme en un ser humano, terrícola, normal o por qué no, en un león o un gato común, y…ya está. Es como prender la luz o apagarla.

–¿Oyó alguna vez la historia de Tot, el Atlante?

–¿Un atlante…de Atlántida? Por favor, Alcides, Atlántida no existe ni existió. Es una leyenda.

–No, no es una leyenda. La Atlántida existió hasta hace unos trece mil años atrás y fue una civilización de origen estelar. Un paraíso terrenal, según aseguran nuestros antiguos.

Ahí mismo me hablaron de Tot, atlante y rey-sacerdote que poco antes de que el misterioso continente desapareciera bajo las aguas, se instaló en Egipto. En esas tierras llegó a ser el dios de la Sabiduría y alcanzó la inmortalidad. Y en una de sus muchas encarnaciones, como Hermes Trismegisto –que quiere decir el Tres Veces Grande– creó la Escuela Hermética de las ciencias ocultas de Alejandría donde escribió las "Tablas de Esmeralda".

En ellas, menciona a las entidades mutantes y su presencia entre los humanos:

«Inadvertidos, invisibles /
Caminan entre vosotros /
En lugares de rito y culto /
Y con el pasar del tiempo, una y otra vez /
Tomarán la semblanza de los hombres».

Jamás había oído hablar de Tot, el Atlante ni de las Tablas de Esmeralda. El personaje me fascinaba pero no dije nada, no quería darles esa satisfacción. En casa teníamos un par de diccionarios y una enciclopedia. Me pondría al día. *El saber no ocupa lugar*, decía hasta el cansancio mi maestra de cuarto grado.

15

Rogelio

Rogelio y los chicos decidieron ir a la iglesia. Y como tantos otros domingos, no los acompañé. Quería estar sola, o mejor dicho, poner en orden la información que me habían dado los hermanos y averiguar un poco más sobre Tot, el Atlante.

En el Larousse encontré un comentario que lo describía como: "un dios egipcio que parece provenir de la confusión de dos divinidades lunares y que los griegos identificaron como Hermes Trismegisto".

Sobre la Atlántida, la enciclopedia Salvat ofrecía: "Una isla o continente legendario que Platón creía histórica."

¿Y eso era todo? Yo necesitaba referencias concretas. O cualquier otro dato que verificase las identidades de estos personajes. Hice una búsqueda exhaustiva en todos los otros libros que había en casa. Finalmente, me conformé con mis propias conclusiones, es decir, que para merecer una entrada en los registros del saber humano, por más escueta que ésta fuera, las existencias o las referencias en torno a esos personajes debían tener algún fundamento.

Sentada en el sofá de la sala, rodeada de libros, lamenté no tener a quién pedirle ayuda. Mis estudios no tuvieron nada que ver con las humanidades ni la antropología. Por el otro lado, Rogelio era un ingeniero civil, pragmático y prejuicioso. De historiador no tenía nada.

—Clarita, no lo vas a creer —anunció mi marido cuando volvió de la iglesia. —Gotthauser me sorprendió. El sermón fue buenísimo… te digo que el viejo se pasó.

—¿De qué habló?

—De las preguntas que nos haría Jesucristo el día del Juicio Final. No aclaró si eso sería en el cielo, aquí en la Tierra, o más abajo. Nada que ver con las cosas que se esperan de cada cristiano. Y me intrigó que a Jesús tampoco le interesa saber si viviste en pecado o no. Sólo quiere saber cómo, de qué manera, en cada minuto de tu vida, lo honraste a Él con tus acciones o actuaste en Su nombre, con integridad, ayudando a un necesitado, un prójimo, un hermano, un animal. Como sabés, el viejo siempre machaca con el tema de la fe y la salvación. Hoy, se olvidó de Lutero.

—Hm…un cambio interesante. ¿Sabías que cuando joven lo conocía a mi padre, allá en Misiones? Y cuando Papá se cansaba del catolicismo de mi madre se aparecía por la iglesia luterana y se pasaban las horas charlando. Vaya a saber sobre qué.

En ese instante se me prendió la lamparita.

La única persona capaz de esclarecer mis dudas y hablar sobre estos temas era Enrique Gotthauser, nuestro pastor y viejo amigo de la familia. No esperé un minuto más. Lo llamé y concertamos una cita para el miércoles por la tarde.

16

Estelares

Esta vez y por razones que desconocía los hermanos se retrasaron más de una hora. Mientras esperaba y les avisaba por medio de un mensaje telepático que ya estaba en la confitería, tomé dos tazas de café y me fumé tres cigarrillos. No me respondieron. Entonces, volví a casa.

Pero temprano a la mañana siguiente me comunicaron que lamentaban no haber asistido a la reunión. Razones de fuerza mayor. ¿Podríamos reunirnos esa misma tarde?

φφφ

—¿De qué nos toca hablar hoy? —pregunté malhumorada. Asima sugirió que retomáramos el tópico de la última reunión: la "humanización" de las otras entidades.

—Creo que agotamos el tema —protesté.

—Todavía quedan algunos puntos importantes. Por ejemplo, cómo se integran a la población. Y su desempeño como gente común.

—Le aseguro que lo hacen con distinción —aportó Alcides con un cierto grado de satisfacción. Y agregó —: Simplemente porque se los entrena en todo tipo de aspectos, tanto cultural como socio-económico, y algunos llegan a ser figuras prominentes a las que usted reconocería en diarios y revistas.

—Otro dato, Clara —intervino Asima. —Ya hay más de diez mil EBEs, o "entidades biológicas exoplanetarias" viviendo cómodamente entre terrícolas como "agentes ocultos", infiltrados en organizaciones secretas o en instituciones mundiales harto conocidas. Sin ir más lejos, el cajero de su banco o el carnicero, por ejemplo.

–…

Oía sus novedades y me preguntaba cuántos conejos más sacarían mis buenos amigos de sus galeras. Les pedí que habláramos de Tot, la Atlántida, la invisibilidad, la telepatía, y por qué no, cualquier otro aspecto de su vida cotidiana que se les hubiese quedado en el tintero o en el fondo de su canasto de sorpresas.

Últimamente no reaccionaba muy bien a sus exposiciones o a lo que no me interesaba saber. Y mis respuestas no eran nada más que un mecanismo de defensa o un acondicionamiento emocional, convencida de que su táctica consistía en prepararme para enfrentar algo que estaba por venir: el gran final del episodio fantástico que protagonizaron no sólo con sus presencias físicas sino también con las experiencias astrales, las lecciones, la magia, los cambios de clima y el tema de las otras entidades. Como digo, estaba al acecho de un evento que imaginé y anticipé estrepitoso. El gran final de una ópera. Y que en ese momento no dudaba se iba a revelar pero sólo como el producto de una simple ilusión. Generada por mí misma, sin duda. O un engaño colosal, instigado por ellos, a través del control mental que Alcides ejecutó en el preciso instante en que nos conocimos. Mi pregunta era – :¿Por qué?

Reptiles. Mamboretá. Dios bendito.

Solté una risita tonta, involuntaria, una consecuencia de las punzadas de inquietud que me atacaban cada vez que pensaba en el mercado africano y en mi propia, candente mutación física. Desde ese episodio, me había resistido a pensar en la experiencia. Sin embargo, no dejaba de atar cabos ni de considerar que la vivencia se conectaba con la información que ellos, mis estelares e imperturbables amigos me entregaban a diario.

–Decíamos, Clara, que una vez aquí, los mutantes se infiltran dentro de los mismos gobiernos para conformar un "gobierno dentro de un gobierno" o, si lo prefiere, un gobierno oculto.

–¿En qué gobierno? ¿De qué país?

–Los Estados Unidos.

–Oh, no. No me diga eso porque no se lo creo. Ya se sabe cómo son los americanos. Jamás lo permitirían.

92

–Lamento decepcionarla. Ocurre en la agencia espacial NASA y en instituciones similares. Un gobierno oculto con políticas tanto o más inescrupulosas que las de los gobiernos oficiales. Ejercen su influencia al amparo de entidades anónimas que supervisan grupos de inteligencia totalmente independientes. Ni el presidente de turno, en Washington se llega a enterar de sus actividades.

–Siga contando, Alcides –dije, riéndome por lo bajo.

–Bien, sin ir muy lejos, a Nixon, al "líder del mundo libre," se le niega el código de seguridad para acceder a esa información. Y los "infiltrados" caminan por los corredores del Pentágono, en Washington, como lo haría cualquier empleado común.

–La situación se replica en otros países. Aquí, trabajan dentro de dependencias militares, protegidos del ojo público –añadió Asima.

–¿En este país? ¿Trabajan…aquí?.

Guardamos silencio.

–Mi padre fue un *contactado*, ¿verdad? –pregunté sin saber por qué lo hacía.

–Efectivamente. También otros miembros de su familia, en Europa, por varias generaciones. En los Estados Unidos, y en Chicago tenemos a los Altmann, la familia de su padre. Una sensibilidad genética que se da entre ciertos grupos.

Asima acercó su cabeza hacia la mía y me sonrió con complicidad.

–Clara Altmann. Cuando nos vio por primera vez ¿no tuvo la impresión de que ya nos conocía?

–Es posible –respondí, sorprendida de que haya usado mi apellido de soltera.

–Y tenemos a los pobres marcianos –declaró Alcides, sacando a relucir un tema nuevo.

–¿Marcianos?

–Sí, a los que no hay que temer. Un grupo desafortunado y relegado a las tiras cómicas y otras ignominias. Existen, y los pocos que quedan conviven sometidos a sus amos, una poderosa etnia de saurios. ¿Le extraña, verdad?

–Es que siempre oí que no había señales de vida ni en Marte ni en la Luna.

–Ah…desinformar –exclamó Alcides elevando los brazos como si estuviera a punto de comenzar una plegaria. –Como sabemos, es uno de los objetivos más importantes de la gente que nos gobierna. Las noticias que el público recibe a diario no son más que una cruel distracción.

Ya comenzaban a deprimirme. Les hice unas preguntas tontas.

–¿Cómo se alimentan?

–No comemos ni bebemos.

–Ahora entiendo.

–¿Qué es lo que entiende, Clara?

–Que siempre dejen las tazas de café sin tomar…

La alimentación era una etapa cumplida, explicaron. Duermen muy poco, y pueden llegar a vivir cientos de años.

–¿Cuántos… unos mil? –bromeé.

–En edad terrícola, sí.

–Asima y yo somos gemelos y rondamos por los cuatrocientos treinta y cinco años humanos.

¡Imposible!

«Estimado y distinguido público, señoras y señores, su atención, por favor. Hemos llegado a este importantísimo momento del show en que nuestros magos proceden a sacar palomas blancas del interior de sus mangas.»

Tampoco eran esclavos de las emociones, advirtieron. Habían desarrollado un mecanismo para prevenir extremos de esa naturaleza prefiriendo enfatizar el punto neutro, la serenidad.

–¡Qué bien! Los felicito –dije con malicia.

–Gracias. Sin embargo, la neutralidad no nos impide envidiarles a nuestros hermanos terrícolas el juego emocional que percibimos en auras de muchos colores. ¡Son tan hermosas, tan humanas! Capaces de llevarlos a paroxismos de creatividad.

–Y acciones nada encomiables –destacó Alcides.

–¿Por ejemplo?

–Permitir que las pasiones, el poder, les destruyan el espíritu –subrayó Asima.

Toda esta conversación me estaba dando un dolor de cabeza.

Para peor, tenía gente a cenar en casa, unos primos de Rogelio. Debía regresar inmediatamente.

Basta por hoy, dije.

Sin más, nos despedimos.

17

Las llaves

Llegué frente a casa a eso de las siete, a tiempo para preparar rápidamente la cena y recibir a los primos que llegaban a las ocho. Había anochecido. El farol de la esquina estaba apagado, y a la vereda la iluminaban sólo las luces de la avenida. Busqué las llaves de la casa; no estaban en el bolso.

Alcé la vista y vi una sombra moviéndose detrás del árbol frente a la casa del vecino. El miedo me descontroló. Miré hacia la casa. Las ventanas delanteras estaban a oscuras.

« Rogelio o los chicos deben estar atrás, en la cocina.»

Ansiosa, toqué el timbre.

Pablito abrió la puerta.

–¿Qué pasa, mami?

–Nada, hijo…no encontraba las llaves.

–No me sorprende, las dejaste sobre la mesa de la cocina.

–Ay, cierto, me las olvidé. Estos días ando muy distraída.

18

Inconveniente

En una ocasión, los hermanos comentaron que su etnia y nosotros, los terrícolas manteníamos un parentesco. Además, que éramos híbridos, al igual que millares de otras etnias en la galaxia.

Cientos de miles de años en el tiempo, los Argones, es decir, sus progenitores experimentaron con un "cultivo biológico" que evolucionó en algo parecido a una enfermedad. De ese cultivo surgimos nosotros, a su semejanza pero con conducta propia, con "libre albedrío." Razón por la que se sentían responsables y nos estudiaban como a ratas de laboratorio. Los estudios revelaron que en nuestros peores aspectos somos primitivos, salvajes, peligrosos y propensos a sufrir la emoción del miedo, causante de enfermedades, guerras y enfermizas dependencias religiosas.

–Ustedes son prejuiciados en cuanto a la religión –reproché.

–Todo lo contrario. No confundamos religión con espiritualidad, no tienen conexión alguna. Somos seres espirituales y en ese punto nos parecemos mucho a los terrícolas. Sin embargo, no deja de sorprendernos que la gran mayoría de los terrícolas se niegue a evolucionar en materias del espíritu.

–Y se sometan a instituciones religiosas o a estructuras políticas, en fin, a todo tipo de constricciones. Justamente el hombre, ¡el único animal que sabe a ciencia cierta que va a morir! ¿Por qué lo hace? No lo entendemos. ¿O es que prefiere refugiarse en su comodidad, en el deseo de no pensar y de no verse a sí mismo tal cual es?

–Peor. El terrícola abandona con mucha facilidad su paleta de responsabilidades. Y al hacerlo, crea un vacío del que se aventajan las elites religiosas y políticas fomentando sentimientos de miedo, vergüenza, culpa y otros paradigmas inconcebibles, como el pecado original.

–No existe tal cosa –señaló Alcides. Y agregó –: Los humanos terrícolas no tienen ni la más mínima idea de quiénes son realmente ni que poseen una inteligencia extraordinaria a la que pueden ensalzar con su mayor recurso: el espíritu.

–Pobrecillos. Para colmo, adolecen de un gran inconveniente –declaró Asima, bajando la voz como si estuviera a punto de comunicarme un importante secreto.

–¿Inconveniente?

–Sí. Una vida muy breve. Disponen de poco tiempo pero lo consumen creando y tratando de resolver conflictos insensatos o viviendo en la completa negación de sus orígenes y su rol en el universo –señaló Alcides.

Asima se puso triste y reportó –: Vivimos tiempos inciertos, difíciles. Se está iniciando una contienda a nivel cósmico. Los enemigos intentan apoderarse no sólo del planeta sino también del espíritu que se aloja en el ser humano y éste, con su extraordinaria falta de valores bloquea su propio camino a la integración cósmica. Al no superar la situación, o creyendo que lo que hace es normal, acentúa su vulnerabilidad.

19

Citas bíblicas

Enrique Gotthauser enarcó las cejas y se acomodó los anteojos en el tabique de su nariz. Un gesto automático. Por un instante me pareció que lo hacía para estudiarme o escucharme mejor, como el lobo con Caperucita Roja.

–Hm…sorprendente, Clara. Su pregunta. No me la ha hecho nadie, hasta ahora. Veamos…la posibilidad de que existan otros seres, otras criaturas de Dios en el universo y la posición que mantiene la Iglesia. Como se imaginará –dijo levantando la cabeza y mirándome directamente a los ojos –para la mayoría, el tema no existe, y por lo tanto, no se cuestiona.

Nuestro querido, viejo pastor. Un hombre alto, de ojos claros y mansos. Con un trato afable que de inmediato me conectó con los recuerdos que guardaba de mi padre, y en un entorno en el que se respiraba una calma perfecta, dispuesta a acariciar y reconfortar mi espíritu vapuleado. En esa oficina reinaba el orden que ya fuera por arte de magia o al estilo Alcides, disipaba los problemas del mundo exterior.

Gotthauser me ofreció asiento y me acomodé en un sillón enorme, junto a un escritorio ubicado frente a una enorme y abarrotada biblioteca que cubría la pared, de un extremo al otro. ¡Cuántos libros! No tenía idea que fuera un ávido lector.

–¿Y por qué cree usted que el tema no se cuestiona? –pregunté, volviendo a la conversación inicial.

—Porque hace mucho tiempo los dogmas de la Iglesia establecieron una única forma de pensar. "Nos ampara la verdad", me dicen muchos entre la feligresía. Sinceramente, no sé qué responderles. No le quepa duda que los seres humanos somos egoístas, chauvinistas. Nos creemos el centro del universo; no hay nada mejor que este planeta. Porque residimos en él aunque desde todo punto de vista vivamos en el espacio pero posando nuestros pies en la Tierra. O tal vez, porque nos aterra usar la imaginación y darle cabida a una mínima noción de otras existencias, mayores, más poderosas que todos nosotros.

—Es verdad. Pero, ¿qué opina usted? ¿Qué dice la Biblia?

—En primer lugar, Clara, dígame ¿qué fue lo que la motivó a considerar este tema?

—De niña me gustaba mirar el cielo, las estrellas y me preguntaba qué habría más allá, en toda esa vacía oscuridad. ¿Existían otros mundos como el nuestro, otra gente?

—«Los cielos proclaman la gloria de Dios» recitó Gotthauser.

—Sí, y hace dos años esta humanidad puso y por primera vez, los pies sobre la Luna.

—Y no hallaron nada —se apresuró a decir él.

—Fue un intento, al menos. Pastor, quisiera saber si existe alguna referencia, algún pasaje en la Biblia que mencione la posibilidad de otros seres, humanos o no, aquí, en nuestro planeta o en otros. Algo más allá de Adán y Eva. O sea, una idea más aceptable de nuestros verdaderos orígenes.

Gotthauser se rascó la cabeza.

—Mi padre, un estudioso de la Biblia como pocos, no se cansaba de repetir que las Sagradas Escrituras contenían grandes misterios y San Jerónimo, el eximio traductor, se refería a ellos como el «laberinto de los secretos de Dios.» Un tema apasionante sobre el que he conversado a lo largo de los años con colegas, amigos… como Eric, su padre y muchos otros, aquí y en el extranjero. Hace pocos meses me enteré que se reanudaron los trabajos arqueológicos en Irak, en tierras de la antigua Sumer. Clara, la clave para descifrar estos misterios está en los registros sumerios; Sumer es muchísimo más antigua que el conjunto de tribus hebreas a las que hace referencia la Biblia. Además, la arqueología moderna ha ofrecido respuestas a las preguntas que nos hemos hecho por siglos. Pero por el momento, ajustémonos a lo que dice la Biblia.

Gotthauser se levantó y se acercó a un sector de la biblioteca, extrajo un tomo de uno de los anaqueles, lo puso sobre el escritorio y me señaló las credenciales tal cual aparecían en la primera página. La Santa Biblia, en la antigua versión de Casiodoro de Reina (1569) revisada por Cipriano de Valera (1602), posteriormente cotejada con diversas traducciones y con textos hebreos y griegos. Y con referencias.

–A ver. El libro del Génesis contiene algunos puntos intrigantes, arbitrarios. En su confusión, que es abundante, son curiosamente claros. Los he consultado con varios expertos bíblicos. Quería que me los explicasen, que tuvieran la audacia de pensar "fuera de la caja" como le gusta decir a un colega americano.

–Pero ¿qué es lo que dice el Génesis? –pregunté, ansiosa.

–Vayamos por partes. En el capítulo cinco se enumeran las generaciones del linaje de Adán, los cientos y cientos de años que vivieron cada uno de los patriarcas antediluvianos o "reyes" según otras fuentes. Jared, abuelo del famoso Matusalén, vivió novecientos sesenta y dos años. Y conste que su nieto lo superó por sólo seis años. La longevidad de esos primeros tiempos es sorprendente. No se ha vuelto a repetir. Porque si bien en lo que va de este siglo la expectativa de vida entre los humanos modernos se ha elevado considerablemente, aún hoy es muy corta cuando se la compara con la de estos hombres bíblicos.

Un "inconveniente". ¿No era eso lo que habían dicho los hermanos?

En ese momento se abrió la puerta y entró la señora Gotthauser con una bandeja. Té y masitas, un detalle simpático que anunciaba que el pastor y yo conversaríamos por un largo rato.

–Tomemos el caso de Enoc –continuó Gotthauser después de agradecerle la interrupción a Ingrid, su mujer –o sea el padre de Matusalén y también bisabuelo de Noé, el del Diluvio. Dice la Biblia que Enoc desapareció a la edad de trescientos sesenta y cinco años; se lo llevó Dios. Para que no muriera en la Tierra, así parece. ¡Qué privilegio! No ser devuelto al seno de la tierra, a la descomposición de la materia, al olvido, como sucedía con todos los demás. Se me hace que

Enoc era un individuo muy especial, capaz de hacer valer su legítimo derecho: regresar a su lugar de origen, fuera de la Tierra. Porque «Era amigo de Dios y caminaba con el Señor», afirma el Génesis. Otro privilegiado fue el profeta Elías. A él también «lo arrebataron de la tierra y se lo llevaron al cielo».

El pastor había hecho sus deberes. Los datos me eran conocidos. La interpretación que aportaba, no.

–Si estos patriarcas –continuó él –«caminaban con Dios» y eran sus amigos: ¿Quién es entonces el "Dios" que menciona el Génesis? ¿El Creador? ¿El Ser Supremo? ¿Alguna deidad? El sólo hecho de que «Dios caminara con un patriarca o un rey» sugiere que quienquiera que fuese y en ese preciso momento, se encontraba en la Tierra y no en el cielo o lo que consideramos la Morada Eterna.

Esto se está poniendo interesante, pensé mientras me servía una masita.

–Ahora bien. En el libro del Génesis, algunos capítulos mencionan a Dios y otros, a Jehová. He aquí uno de los grandes misterios. Pero tengamos en cuenta que el Antiguo Testamento no es nada más que una compilación de diversos trabajos y autores, ejecutados en diferentes tiempos históricos. Claro que para los cristianos de hoy en día, la Biblia es infalible. No sólo se aceptan como "inspirados por Dios" a un determinado y selecto grupo de libros sino que de este compendio –prosiguió Gotthauser, levantando y sacudiendo un poco la Biblia en su mano antes de hacer una pausa y tomarse unos rápidos sorbos de té –se apartaron a los apócrifos y a algunos evangelios, como el de Pedro y Tomás.

El pastor continuó.

–De hecho, tantas "irregularidades" nos confunden, porque las imágenes que nos llegan a través del tiempo pecan por contradictorias. En ninguna instancia se hace referencia a Aquél, a quien consideramos como al verdadero Dios, el Ser Supremo. El legado que los cristianos de hoy en día tenemos a mano no es más que un guiso de dudosas nomenclaturas y traducciones poco fidedignas. Y, como ingrediente final, una plétora de interpretaciones posteriores, comprometidas con diversas escuelas de pensamiento y otros dogmas.

Gotthauser se tomó unos minutos para sacar un pañuelo del bolsillo, secarse la frente y beber lo que quedaba en su taza de té.

–¿Hay más, verdad?

–Sí. Los hombres se multiplicaban sobre la faz de la tierra, y les nacieron hijas, cita el Génesis en el capítulo seis. En la siguiente línea menciona a "los hijos de los hombres" estableciendo una diferencia entre éstos y "los hijos de Dios." Luego, un poco más adelante, relata que:

«Viendo los hijos de Dios que las hijas de los hombres eran hermosas/Tomáronse mujeres, escogiendo entre todas.»

–Pastor…me atrevería a pensar que esos "hijos de Dios" no eran ni muy feos ni muy extraños. Parecidos a los hijos de los hombres ¿no cree? –comenté recordando a los híbridos del manual.

Gotthauser sonrió. –Puede ser, sí puede ser y sería un dato importante –afirmó. –Pero la incógnita persiste. ¿Quiénes son esos "hijos de Dios"? Para los estudiosos rabínicos, la naturaleza de esos reyes o patriarcas se entiende como la de "hijos de Dios" o, como la de los hijos de "deidades que llegaron desde los cielos y se mezclaron con los hombres." Y a los que se les dio el nombre de *nefilim* que significa "caídos de los cielos o los que cayeron." Otras traducciones, como esta que tenemos aquí, del siglo diecisiete, también se refieren a ellos como a los *nefilim*, pero clasificándolos como "gigantes" mientras que las primeras se referían a ellos como "la gente del *shem*". "*Shem*" es una voz sumeria, adoptada mucho más tarde por los hebreos y que significa "la gente que va por el cielo y brilla". Los humanos modernos no tenemos ninguna dificultad en concluir de que se está hablando de algún tipo de nave aérea o espacial.

–Pero… ¿existen pruebas arqueológicas de estos personajes? ¿De esas posibles visitas?

–Sí. Estelas, cilindros y tablillas de arcilla. Desenterradas desde mediados del siglo diecinueve y aun antes. Ilustran a estos visitantes a la perfección. Y también los relatos mitológicos de la cultura sumeria. Son muy importantes ya que la descripción de sus dioses y sus caprichos corresponden con los comentarios que encontramos en el Génesis sobre Jehová y sus amigos.

Me vino a la mente el momento cuando los hermanos me revelaron lo que ellos proponían era su verdadera identidad como también esa otra ocasión en la que mencionaron que su etnia había visitado la Tierra con cierta frecuencia. Gigantes. Sí, eso fue lo que dijeron.

Muy entusiasmado y sin la más mínima idea de lo que pasaba por mi cabeza, Gotthauser adelantó su análisis un trecho más.

—Como dijimos, estos "hijos de Dios" caminaban junto a Jehová. Eran amigos, estaban a la par pero ¿quién era este sujeto Jehová? ¿Una deidad visitante? ¿Un ángel caído, enceguecido por el poder? Pregunto porque al Jehová de la Biblia y las mitologías sumerias lo percibimos como a una entidad cruel, vengativa que no tiene nada que ver con el "amor de Dios" según lo predica el cristianismo. Muchísimo después, en el Evangelio según San Juan, nos enteramos de que el verdadero "hijo de Dios" es Jesucristo y que a Dios, nadie le vio jamás.

—Entonces, lo que se nos ha enseñado es erróneo.

—Algunas cosas sí, Clara. Sin embargo, la carencia de datos concretos no es una excusa para no creer en Dios ni en las enseñanzas de los profetas.

Guardé silencio. La iglesia nunca se rectifica. Es más, perpetúa estas discrepancias y ahora dudaba más que nunca.

—Pastor…está esa otra cita del Génesis, que habla de que el hombre había sido "hecho a semejanza de Dios".

—Sí, sí. En el Génesis, capítulo uno, versículo 26. «Y dijo Dios: Hagamos al hombre a nuestra imagen, conforme a nuestra semejanza.» Ahora le pregunto, Clara: ¿qué opina usted? ¿Este Dios, está solo?

—No, no lo creo. Me da la impresión que forma parte de un grupo que hace decisiones, un concejo.

—Efectivamente. "Dios" habla de "nuestra" imagen, "nuestra" semejanza", es decir que la tarea creadora estaría a cargo de más de una persona o entidad. Para dilucidar este misterio acudamos a los cristianos gnósticos de los primeros siglos, las comunidades cristianas encargadas de preservar las enseñanzas originales de Jesús, el Nazareno. Esta gente, después de revisar cuidadosamente el Génesis concluyó en que era necesario hacer una distinción entre el Padre Celestial y el Dios del Antiguo Testamento. A "Jehová" lo exponen como a un poder importante, capaz de crear pero también de caer, de vivir como un desterrado, de esclavizarse al mundo material, y ser hostil al Creador. Bien. Volvamos a la pregunta anterior. ¿Con quién o quienes caminaban los patriarcas antediluvianos? Creo que la respuesta es: con sus pares, con el señor tal y cual, con el mismo Jehová o con otros, posiblemente esos gigantes que menciona el Génesis en algunas traducciones.

—Pero lo que sigue es mucho más interesante —continuó Gotthauser. —Moisés y otras referencias bíblicas nos dicen que estos gigantes colonizaron regiones al Norte, como el Líbano y Siria, y las tierras de Moab en la Jordania actual. Anak, el líder de los "anakitas" fue uno de esos gigantes. Tome nota, Clara. Goliat, el famoso gigante filisteo y contrincante de David, medía tres metros y era un "rafaíta o anakita." Y resulta que los anakitas descendían directamente de los *nefilim* quienes, según la tradición aramea, originaron en la constelación de Orión. Como puede ver, Clara, tenemos aquí la conexión extra planetaria que buscábamos —concluyó Gotthauser, satisfecho.

—No sé qué decir, Pastor. Esto es… fascinante.

—Hay mucho, mucho más. Como se imaginará, estudiar y comentar este material nos llevaría horas y horas.

«Como los discursos y sermones de los hermanos».

—La Biblia es muy explícita, pastor.

—Así es. Y no dudo que esta información, bien interpretada, permitiría un nuevo enfoque a la genética humana y pondría patas arriba las creencias aceptadas por la Iglesia o la ciencia misma. Me refiero a la ciencia establecida y tan reacia a dilucidar enigmas cósmicos. ¿Sabe una cosa, Clara? La ciencia se ha convertido en la "Inquisición" de estos tiempos modernos. Sin duda que hay muchos científicos que estudian estos temas pero el público no se entera. Y si le llega la información, la misma viene retrasada, filtrada y a cuenta gotas.

—¿A qué se refiere? ¿Quiénes filtran esa información?

—Los poderes terrenales. Los gobiernos "elite" que dirigen los destinos del mundo y son quienes en verdad nos gobiernan.

Las sociedades secretas. Todos mienten y mienten. O se reservan la información. Como le decía, no cabe duda que la humanidad fue engendrada o manipulada genéticamente, de un barro o un compuesto sintético.

—¿Por quién? —pregunté, anticipándome la respuesta.

—Por los "hijos de Dios", los gigantes o los visitantes de otros planetas —indicó Gotthauser. —Tengamos presente que las tribus de gigantes esparcidas por tierras bíblicas se multiplicaron diseminando su semilla a diestra y siniestra. Sin ir más lejos, nosotros mismos podríamos ser portadores de esos genes de gigantes, de esos visitantes de otros planetas. —Volvamos a su pregunta inicial, Clara. No, no somos los únicos en el universo. No estamos solos en este planeta. Para darle un ejemplo y muy básico, lo compartimos con una gran variedad de animales y millones de organismos biológicos. ¡Qué poco inteligente pensar que en otros planetas no existe vida! Al hacerlo, negamos, categóricamente, la capacidad del Creador. Y si es que está en la voluntad de Dios —añadió —tarde o temprano aceptaremos estos misterios. Por lo que quieran revelarnos. En tanto, guardemos la fe, hagamos la obra encomendada por los Evangelios y, con nuestras mentes, lo que hacemos con los paracaídas o los paraguas.

—¿Qué quiere decir, Pastor?

—Que no funcionan si no los abrimos. Mentes abiertas. La nueva consigna. Estoy preparando un sermón sobre ese tema.

Cuando Gotthauser mencionó el sermón aproveché para comentarle cuán impresionado había quedado mi marido, el último domingo.

—Me alegra mucho. Lástima que usted no haya podido asistir, Clara. No la vemos muy seguido por aquí.

—Una situación de trabajo, Pastor. Las cosas no andan muy bien.

—Estoy al tanto. Pero le ruego que recuerde que el Señor la acompaña, en los momentos buenos y también en los malos.

Me levanté para irme. Al dejar su oficina le pregunté si había oído hablar de Tot, el Atlante o de las Tablas de Esmeralda.

—No —contestó. —Ah… otra cosa, Clara. Por favor, que el

tema de nuestra charla quede entre nosotros, que no salga de estas paredes. Lo único que me falta es que se rumoree por ahí que el pastor Gotthauser cree en extraterrestres. Unos siglos atrás me hubieran puesto en la pira, por hereje. ¿Me entiende? –dijo, riéndose.

–Perfectamente, Pastor. Y le agradezco muchísimo por haberme brindado su tiempo.

–No faltaba más. Ha sido un placer, Clara. Sepa que recuerdo a su padre con mucho afecto y no lo dude, este tema le hubiese interesado.

20

Intervenciones

Mi reunión con Gotthauser había durado casi dos horas. Salí a la calle sintiéndome eufórica y feliz como un pájaro en primavera. Tenía sentido. Estábamos a mediados de septiembre y las ramas de los árboles tendían sus verdes, incipientes brotes al huidizo sol de tardecita.

Por primera vez, a partir del asunto de Latorre y la aventura con Alcides y Asima, me sentí como una persona normal, armada con el tipo de información que me plantaba firmemente en el umbral de un conocimiento nuevo, espectacular, lista para comenzar lo que yo ya consideraba una nueva etapa de mi vida.

Como primera medida, reconsideraría mi relación con los hermanos. Las reuniones me resultaban indispensables. Y esa tarde, casi no pude contener mi emoción porque tenía ante mí, a dos gigantes de la antigüedad, dos *nefilim*. Fueron sus antepasados quienes acompañaron a "Dios" y a este otro individuo, Jehová. Así lo decía la Biblia. Hijos de Dios. Extraordinario. Con sólo pensarlo se me hacía la carne de gallina.

—Percibimos un cambio interesante. Sí, en usted, Clara. Y confiamos que la visita que le hizo al pastor de su iglesia le haya proporcionado la información que necesitaba –dijo Alcides.

«Lo sabían todo. ¿Por qué insistía yo en olvidarlo?»

—La reunión fue muy instructiva. Gracias –respondí, tratando de no darle importancia al asunto y enfocarme en el tema del día.

Pero Alcides, esbozando algo parecido a una sonrisa agregó –: Es que en asuntos espirituales y tecnológicos estamos decenas de miles de años más avanzados que los terrícolas.

Asima me miró directamente a los ojos.

Y parecía querer prevenirme –: Los otros también lo están pero por ahora se limitan al campo tecnológico. Es casi imposible que alcancen una dimensión superior.

Yo no quería oír hablar de "los otros". Me asustaban. Ya percibía sus presencias aquí y allá. No me entusiasmaba el espectáculo de un conjunto de entidades siguiendo cada uno de mis pasos. Hablemos de otras cosas, dije, aprovechando para preguntarles si nosotros, los humanos, avanzaríamos en el campo de la tecnología.

Sí, y mucho, aseguraron. Ya estaba todo programado. Otros grupos "positivos" en estrecha colaboración con su etnia, se habían comprometido a intervenir "continua y regularmente" para asistirnos e instruirnos en esos campos de la física, la genética y otras tecnologías de avanzada que aún desconocíamos. El proyecto tenía varios años de edad; se completaría en un período relativamente corto, de aquí a unos veinte a cuarenta años, de los nuestros.

–Superarán todas las expectativas –afirmó Alcides, entusiasmado, agregando que la humanidad descubriría mucho más del universo. Por ejemplo, que había más de nueve planetas, más de una luna, más de un sol, más de un universo como también vestigios de vida en muchos otros puntos de la galaxia.

–Cuando se lo proponen, los científicos terrícolas pueden ser muy buenos alumnos. Por ejemplo, los biólogos evolutivos acaban de descubrir los códigos genéticos que hacen al ser humano. Con esta herramienta, no tardarán en descubrir sus verdaderos orígenes –insertó Asima.

Pero debíamos ser cuidadosos; esos avances tenían la potencialidad de convertirse en un cuchillo de doble filo, o instrumentos de dominación, dirigidos y controlados por entidades oscuras. Es que las entidades son muy listas, se comportan como arañas cósmicas, siniestras, tejiendo redes sedosas y falsas para seducir a los terrícolas y conseguir que se encarcelen a sí mismos.

–No entiendo. ¿Cómo?

—Con ideas novedosas y de hecho, peligrosas para el hombre. Un ejemplo, el reacondicionamiento físico que se llamará "transhumanismo" o la transformación física, paulatina del terrícola que conocemos hoy en día. El objetivo será minimizar las enfermedades y frenar la inevitable decadencia. Pero los resultados no serán los esperados.

—Hemos visto especímenes en la dimensión futura —confirmó Asima.

Nada de eso me sonaba bien.

Cambié de tema y pregunté —: ¿Cómo viajan los grises, los híbridos o ustedes mismos, desde sus planetas hasta aquí? Las distancias deben ser inimaginables, en años luz, quiero decir.

—Viajamos. Llegamos. No importa cómo —explicó Alcides. —Nuestra nave usa la tecnología simbiótica, casi desconocida en la Tierra, en la que los motores responden a los pensamientos y emociones de nuestros pilotos. Y también viajamos "en el tiempo" por "corredores espaciales o tubos de tiempo focalizados" para trasladarnos de un punto a otro, cruzando dimensiones verticales. Instantáneamente.

—¿Dimensiones verticales?

—Exactamente —respondió Asima.

Todo muy interesante pero esa tarde no conseguía incorporar nada más.

Y por la noche, tenía turno en la clínica.

21

Nueve planetas

Durante la guardia en el hospital pensé mucho en Alcides y Asima. En primer lugar, les estaba muy agradecida por las enseñanzas y las advertencias, y comprendía que nuestra interacción formaba parte de un plan. Pero ¿qué plan? No dudaba que tenían mucho más en el tintero, sin embargo hasta ese momento no lo habían compartido. Y a mí me interesaba saber un poco más de lo que me tocaba muy de cerca, es decir qué tipo de conexión hubo entre ellos y el incidente en la casona de Latorre. ¿Qué sucedió allí? Alcides no lo esclarecía y Asima lo ignoraba. ¡Qué bien que se las arreglaban para no hablar de eso! Pasaba el tiempo y hasta a mí se me olvidaba de que Alcides me debía una explicación.

ϕϕϕ

Cenábamos cuando Pablito anunció que al día siguiente su clase participaría en una visita al Planetario, en el Parque Tres de Febrero.

–Nos llevarán a la cúpula semiesférica. Tiene veinte metros de ancho, para explorar los cielos de aquí hasta el polo sur. Va a ser bárbaro, miles de estrellas, nebulosas y algunos planetas, Venus, Mercurio, Júpiter, Saturno. Hay nueve en total –dijo entusiasmado.

–¿Estás seguro de que son nueve? –pregunté.

–Lo dice el "profe", mamá.

–Sí, querido… pero la ciencia no tiene todas las respuestas.

Todavía no. Cada día se descubren cosas que hasta hace un par de años eran inimaginables. No sería nada raro que con mejores instrumentos aparezcan más planetas e incluso estrellas. Y que estén habitados por otros seres humanos, como nosotros.

Pablito me miró, incrédulo.

–No te estoy diciendo nada descabellado, hijo. Sin ir más lejos, cuando yo nací o cuando nació papá, nadie se hubiera imaginado que el hombre llegaría a la Luna, ¿no es cierto, Rogelio?

–Sí, así es. En esos años tampoco había antibióticos. Por eso murió mi madre –agregó Rogelio, con tristeza.

Todavía siente la pérdida de su madre, pensé. Sabía cuánto había sufrido y él era muy chico cuando ella murió de una septicemia. A él y a sus hermanos los criaron entre varios familiares.

–Y ¿qué me dicen de la copiadora Xerox que hace unos años ni existía o el mismo fax? Adelantamos muchísimo. El otro día leí que muy pronto entrarán al mercado las computadoras personales.

–No tenía idea de que te interesaban estas cosas –dijo Rogelio.

–Sí, bastante. Pienso que es importante mantener las mentes abiertas. Son como el paracaídas o los paraguas, si no las abrimos, no funcionan.

–¿De dónde sacaste eso, Clarita?

–Lo dijo Gotthauser… en uno de sus sermones.

–Será en la próxima vida, si es que la hay –contestó, pensativo.

–A mí también me interesa todo esto –saltó Pablito.–Pero para creer en más de nueve planetas y de yapa, poblados, necesitamos pruebas.

En ese momento intervino su padre –: Las pruebas, Pablo, dependen del cristal con que se mira. No convencen ni dejan de convencer. Es así con la ciencia y con la religión. Los científicos afirman que tienen pruebas de esta teoría o aquella otra hasta que unos años más tarde llega otro científico para refutar la última, en la que creían todos a pie juntillas.

–Esta conversación me aburre. Prefiero la música o la medicina –dijo Mónica levantándose de la mesa para ir a su cuarto a hacer sus tareas.

En tanto, yo lo miraba a mi taciturno marido sin poder creer cómo de pronto le informaba a la familia sus propias deducciones sobre los avances científicos y las situaciones humanas. Me tuve que morder la lengua para no contarle mis andanzas con los hermanos ni la conversación que había tenido con Gotthauser. No era el momento. Quizá nunca llegara a serlo.

22

Nosotros, los lobos

Desde mis primeros encuentros con Alcides y Asima, tomé la costumbre de llevar un cuaderno a cada una de las reuniones. Quería registrar las conversaciones que iba manteniendo con los hermanos como también el incidente de la casona y la visita a Ciénaga Azul. Lo hacía por los chicos, pensando que algún día podrían interesarse en las conversaciones de su madre con los hermanos solarios frente a esas tazas de café que nunca bebían.

Y fue precisamente esa semana que Alcides y Asima me informaron que tanto híbridos, clónicos y algunos grupos sanguinarios acababan de llegar a nuestro país como integrantes de un contingente de EBEs, o sea entidades biológicas exoterrenales. Y según ellos, incluían un grupo de humanoides emparentados con su propia etnia, colaboradores de los nazis durante la Segunda Guerra Mundial. El objetivo principal de la "invasión" era colonizarnos, esclavizarnos y convertirnos en alimento, advirtieron.

Me horroricé.

−¿Por qué le parece tan terrible? −recriminó Alcides subiendo la voz. −Vamos ¿acaso ustedes, los humanos no comen animales y los crían exclusivamente para ese propósito? ¿Y qué me dice de los experimentos en laboratorios de escuelas y universidades con animales vivos, indefensos? Ni hablemos de los experimentos secretos con niños. Sí, Clara. Niños. Porque da la casualidad que son los mismos terrícolas en el poder los que secuestran niños. O lo encargan hacer para luego modificarles la personalidad y convertirlos en asesinos autómatas. ¿Es eso menos cruel?

Tomé nota de que Alcides había perdido su punto neutro, su serenidad. Tenía razón. Y aunque no me hubiese enterado con anterioridad de las programaciones con niños, no dudaba de que esos horrores fueran posibles en el mundo descalabrado en el que vivíamos. ¡Cuánto saben de nosotros! Qué somos, qué hacemos, si lo hacemos bien, mal o más o menos.

–Alcides, usted dice que esas entidades, los EBEs llegaron para manipularnos, modificarnos genéticamente y en el proceso, destruirnos. –Sí, y vienen dispuestos a hacer cualquier para lograr sus objetivos.

–¿Quiénes son?

–Un grupo de entre los tantos asociados con los grises. No pongamos a todos estos grises en la misma bolsa. Hay grises y grises. Al igual que nuestros parientes, excepto que ese grupo trabajó al encubierto para los nazis, instalados en bases subterráneas. En aquellos tiempos preferían la zona de Irak o la antigua Sumer donde desde hace miles de años opera un portal estelar, de fácil acceso. Pero ahora, han puesto sus miras en la América del Sur, una región más que ideal para establecer bases de ese tipo. Me refiero a la Patagonia y la Antártida.

–¿Bases? ¿Cómo las que ustedes tienen en ese lugar alejado? ¿Cerca de Ciénaga Azul?

–Sí, y también las submarinas. Los entornos acuáticos son más eficientes.

–Además, nuestras bases submarinas funcionan como refugio para terrícolas en peligro –remarcó Asima.

–Y para algunos híbridos también. No nos olvidemos de ellos. Volvamos a las bases de los grises y los nazis –insistió Alcides. –Como decía, estos grupos colaboraron con los nazis y ahora lo hacen con los gobiernos del primer mundo y con otros no tan desarrollados pero peligrosamente autoritarios y represivos. Juntos, construyen complejos siniestros de gran sofisticación, con la idea de implementar el gran plan que proyecta utilizarlos en el siglo veintiuno.

–Una nueva versión de los campos de concentración –apuntó Asima.

–Operan en absoluto secreto, convencidos de que para reciclar el planeta y poder vivir en él, unos pocos afortunados es decir ellos, se necesitan catástrofes de gran magnitud, geológicas o inducidas. En pocas palabras, lo que hacen es promover la eliminación rápida y eficiente de millones de seres humanos. Al margen de los conflictos bélicos, comenzaron a desarrollar la mutación genética de ciertos cultivos agrícolas. Y así, a través de la ingesta forzada, desaparecerán grandes segmentos de la población.

–Una idea, un plan horrible.

–Sí, lo es. Pero por más que nos espante, es la verdad. Cabe recordar que la "idea" como usted dice, la hizo pública a mediados de los años 60 un grupo de estudios, en los Estados Unidos. La paz no conviene, manifestaron. La guerra, sí. Un negocio redondo.

Y la explicación que dieron fue muy simple –: Existen las ovejas y los lobos. Nosotros somos los lobos.

23

Aurelia

Al día siguiente fui a Olivos, a la casa del capitán Porto, un paciente que conocía de los tiempos de la clínica. El médico que lo atendía había indicado la rutina de siempre: inyecciones diarias de morfina y el inevitable drenaje, una tarea muy desagradable pero necesaria.

Toqué el timbre y abrió Aurelia. El momento se impregnó de un *déjà vu*. Un par de meses atrás, ya un siglo para mí, esta mujer había sido la mucama de los Latorre.

–¿Y Arminda? ¿Qué pasó?

–Se fue –contestó, seca y terminante.

Me pareció curioso que Aurelia hubiese asumido, y tan rápidamente, una formalidad que no encajaba para nada con la casa ni la familia Porto.

Me preguntó por el brigadier.

–No he tenido noticias de él desde el entierro de la señora Mercedes –respondí, sin darle más detalles.

Pero cuando me acompañó hasta el perchero para colgar el abrigo, la mujer se apresuró a informarme que el brigadier Latorre la había despedido la misma tarde que ella me había hecho esperar en el living.

–¿Se acuerda, señora? La casa estaba prácticamente a oscuras –y añadió –: No pude hacer nada, esa tarde el brigadier no era la misma persona. Imagínese. Me ordenó que no prendiera las luces en algunas habitaciones de la casa, tampoco afuera, en la puerta de entrada y ni siquiera en el jardín. Aurelia me daba la información en voz baja, como si estuviera en un confesionario o en el mercado, tratando de atraparme con sus chismes.

Entonces me di cuenta de que Aurelia no podía saber que para mí, la incógnita de esa noche en la casa de los Latorre ya estaba resuelta, es decir que el brigadier esperaba visitas y no quería testigos. Mientras que ella sí estaba al tanto de que en el living esperaba una persona, Alcides. O que en la casa se habían reunido Correas y sus colegas. Seguramente, Latorre se lo había advertido. Por eso mismo, que se hiciera ahora la inocente de lo que realmente ocurría esa noche en la casa de los Latorre me hacía sospechar de ella.

Pero Aurelia no se daba por vencida. Se mordió el labio inferior y me miró con intención, como si tratara de convencerme de que era mi obligación retribuirla con algún dato, como cuáles fueron los motivos que pudo haber tenido el brigadier para hacerme esperar antes de atender a Mercedes.

Suspiró resignada y continuó –: Días más tarde me entero que la señora había fallecido. Esa misma noche. ¿O fue a la mañana siguiente? La verdad, no me acuerdo bien. Una pena, sabe. Esa pobre mujer fue muy buena conmigo. En realidad, señora Clara lo fueron los dos, por eso me llamó la atención la orden que le dejó el brigadier. Vaya a saber qué le pasaba. La mujer se le moría. ¿Sería la pena? Es que así son las cosas. La vida continúa, ¿no?

Ah, pero un momento. Aurelia acababa de decir que Mercedes estaba a punto de morir. Entonces ella lo sabía, como lo sabíamos todos los que estábamos en esa casa, porque esa noche se respiraba una muerte inminente. La anticipábamos Latorre, los médicos, Aurelia y yo. Sin embargo, esta mujer quería saber algo más. O se resentía porque las circunstancias la habían dejado afuera de otro tipo de información. Podía ser. Pero ¿qué era exactamente lo que quería averiguar?

Decidí no prestarle atención y como minutos antes el tono de su voz pareció anunciar el final de su cháchara, me puse a arreglar las cosas en el maletín con la idea de aprontarme para ir a la habitación del capitán Porto y comenzar la curación.

Me equivoqué, había más. Me creí a punto de estallar.

–Trabajé con los Latorre un total de cuatro semanas –siguió quejándose la mujer.– Y así porque sí, me dejan en la calle. Ninguna indemnización. Señora Clara, como usted bien lo sabe, estamos pasando por tiempos muy difíciles. No me quejo, no. Soy una persona con suerte.

Asentí. Aurelia daba la impresión de ser una persona con suerte. Sólo que a mí, eso me tenía sin cuidado.

La mujer volvió a acercarse.

–Hoy… es mi primer día de trabajo aquí. Estoy encantada con la casa, la familia. Me recomendó una amiga. ¡Pobre hombre, tiene los días contados! No sabe cuánto me alegra que sea usted quien lo atiende, señora Clara. El capitán está en muy buenas manos. Lo sé.

–Gracias, Aurelia.

Abrió la boca para decir algo más pero la interrumpí:

–Ya es hora de atender al capitán.

La mujer se calló no sin antes lanzarme una mirada de animal herido.

–La acompaño, enfermera –dijo, muy seria.

Quise decirle que no, que conocía la casa. No me atreví. Recordaba una situación similar en casa de los Latorre.

Cuando llegamos frente a la habitación del capitán, Aurelia se paró a un costado de la puerta. Esperé a su lado asumiendo que ella la abriría, pero no hizo ningún ademán. Se hacía obvio que su comportamiento iba tomando un giro inesperado, siniestro que deslizaba un escalofrío a lo largo de mi espina dorsal. En su cara se alojaba una expresión velada y los ojos se le cargaban de amenazas. ¿Qué había ocurrido? ¿Por qué o cómo pudo esta mujer cambiar de un momento al otro? Estuve a punto de preguntarle si tenía algún problema pero antes de que abriese la boca ella me pasó por delante y desapareció por los fondos de la casa. La miré alejarse consciente de que mi mano, agarrada del picaporte, temblaba descontroladamente. Necesito calmarme, me dije. Era evidente que Aurelia sufría de algo que yo no tenía ni la más mínima intención de conocer.

Una hora más tarde, finalicé la curación y me escabullí de la habitación del Capitán Porto. El pasillo estaba desierto y la casa, como una gran dama a la espera de su último estertor, mantenía un silencio total. Me alivió no ver a la mucama. Había algo en esa mujer que no me sentaba bien. Desde antes, desde los Latorre.

Miré la hora. En treinta minutos más tenía una cita con otro paciente y a esa hora de la tarde los colectivos iban repletos. Debía apurarme.

Pasé por el vestíbulo a recoger mis cosas.

Aurelia estaba allí, esperándome. Sus ojos relampagueaban y cuando pensé que se iba a retirar en las sombras, ella, sin decir una palabra, abrió la puerta para dejarme salir.

Ya en la calle, tomé hacia la derecha para continuar hasta la parada del colectivo. No había andado más que unos pocos metros cuando ví que sobre la misma acera pero en dirección contraria, avanzaba un chico en bicicleta. Tan pronto me vio, aceleró y se abalanzó sobre mí con la intención de derribarme. Instintivamente, me hice a un lado y di contra el cerco de una casa. No me lastimé pero conseguí incorporarme a tiempo para ver cómo, internándose en la calle, el ciclista continuaba su carrera loca y yo recuperaba la imagen de su cara y la expresión de poseído.

El chico se alejó y recién entonces me sentí fuera de peligro. Recogí el maletín que se me había caído al suelo desparramando jeringas, agujas, vendas y medicamentos. De pie, me quedé clavada en el mismo sitio buscando a uno y otro lado algún testigo del incidente y que al parecer debia ser esa persona que caminaba por la vereda de enfrente, empujando un cochecito. El cuadro no tenía nada de particular pero al verla se me erizó la piel. No entendí mi reacción hasta que la miré con más atención. La niñera vestía el uniforme blanco de enfermera, una capa azul y una cofia blanca pasada de moda que descansaba cómodamente sobre el rodete que tenía en la nuca. Sin quererlo, la mantuve en mi punto de mira, absorbida por esa visión tan fuera del tiempo. Entonces la mujer avanzó unos metros, volvió la cabeza en mi dirección y a través del ancho de la calle me encuadró con sus ojos enormes y oscuros, aparentemente sin vida pero bien encajados en las órbitas huesudas. Me quedé muda. Como si me hubiese mordido la lengua. O así me pareció porque ya podía sentirle gusto a sangre.

24

Doble visión

Entonces, ¿cómo saben ustedes que eso es lo que ocurrirá en el futuro? –inquirí. Alcides respondió –: Porque viajamos en el tiempo y residimos simultáneamente en el pasado, el presente y el futuro. Por ahora, observamos. No se nos permite actuar ni modificar el curso de la historia de la Tierra–.

–No es nuestra intención confundirla –dijo Asima. –Estamos al tanto de lo que vendrá. Y nos hemos planteado un objetivo muy claro: contener esas fuerzas malévolas y ayudar a nuestros hermanos terrícolas.

–¿Ayuda? ¿Qué? ¿Se viene otra guerra, mundial?

–Sí y no. Las instrucciones del Gran Concejo Galáctico son precisas: detener la completa destrucción del planeta. Nosotros, aquí cumplimos con esas directivas trabajando "entre bambalinas", como dicen ustedes. Y también corremos peligro. Porque esas fuerzas "especiales" como las llaman ahora, cuentan con eficientes equipos de eliminación a los que direccionan para que procedan con el asesinato de todos los exoterrenales adheridos a la Misión Resguardo, especialmente aquellos que habiten entre los humanos terrícolas.

–Seamos prácticos, Alcides. ¿Cómo los pueden identificar o encontrar? ¿Qué ha pasado con sus habilidades extraordinarias?

Insistí con la invisibilidad mencionándoles mi propia experiencia en el mercado africano. Es verdad, admitieron. Pero los equipos de eliminación, los asesinos, terrestres o de los otros, son capaces de detectarlos. Invisibles o no, las últimas tecnologías hacen que puedan verlos. Estaban atrapados.

No supe qué decir.

Por un lado, me apabullaba la magnitud de sus revelaciones y por el otro me extraviaba en la visión que me presentaban del mundo que habitaba. Y toda esa información era tan abundante que no conseguía apuntar nada coherente en mi cuadernito.

En tanto, ellos no paraban de hablar. ¿Sería porque les quedaba poco tiempo para derramar tantas advertencias? O porque no podían dejar de hacerlo ni tampoco yo dejar de escucharlos. Porque si hasta hace muy poco creía que asistía a un interesante y divertido show de magos, no dudaba ahora de que el número que le seguía era el de 'la mujer aserrada' y era a mí, por supuesto, a quien le tocaba hacerlo.

Pero esa tarde, un poco más temprano que de costumbre, fueron ellos mismos quienes inesperadamente dieron por terminada la reunión sin darme ningún tipo de explicación.

—Continuaremos con este tema en otro momento —me comunicaron con sus voces graves y expresiones preocupadas.

Por mi parte, no tenía ganas de irme ni de regresar a casa. Quería ver a la gente pasar.

—Si no les molesta, me gustaría quedarme un rato más en la confitería —expliqué.

Ni bien se fueron pedí otro café, y encendí un cigarrillo para observarlos por el vidrio de la ventana. A mis anchas. Caminaron hacia la esquina sin que nadie se diera vuelta a mirarlos. Claramente, para la realidad humana que los rodeaba, ellos no existían. Eran invisibles. En cambio, para mí y desde hacía ya un buen tiempo estos seres formidables formaban parte de mi espectáculo privado. En ese momento, afuera, se produjo un flash e insertada entre sus siluetas apareció mi propia figura. Sí, yo, Clara Glasser, caminando con ellos tal cual lo habíamos hecho en los túneles de Ciénaga Azul. Pero en esta ocasión y desde el café, era yo misma quien podía observar a mi doble alejándose con ellos. Y sin tener la menor idea por qué ni adónde iba esa otra Clara. Me pellizqué el brazo. Yo era yo. Real, de carne y hueso. Bueno, al menos eso era lo que yo creía. Sin embargo,

128

hubiese sido natural que yo fuera esa otra Clara Glasser que caminaba entre ellos. ¿O era aquella la verdadera Clara? ¿O era yo? ¿Quién era yo? ¿Una impostora? Por favor, que alguien me dijera qué había ocurrido con la Clara Glasser que encarnaba o conocía bien, la madre de Pablito y Mónica, la hija de Helga y Eric, la mujer de Rogelio, la enfermera que se especializaba en casos terminales. Estupefacta, los miré alejarse.

Pero al cruzar la calle las tres figuras desaparecieron y mi imagen o mi doble, se esfumó con ellos. Se me oprimió el corazón. Sentí que la partida era definitiva, y que la otra "Clara Glasser" emprendía un viaje. Yo también había hecho un par de viajes. ¿No eran suficientes? ¿Qué pretendían enseñarme esta vez? ¿Que yo o aquella Clara que los acompañaba debía hacer algo más?

Angustiada, apagué en el cenicero lo que me quedaba del cigarrillo, me levanté y me fui.

TERCERA PARTE

1

Directivos perversos

Examiné a los hermanos en silencio, tanteando si convenía o no comentarles el "desdoblamiento" del que me hicieron testigo cuando desde el café observé a mi otro "yo" entre ellos. También el episodio en casa del Capitán Porto. Finalmente, decidí que no tenía sentido; estaban al tanto de lo que había ocurrido. Yo sólo quería saber qué significaba esa proyección y por qué se decidieron a mostrármela. Anteriormente, mencionaron que los fenómenos de ese tipo tienen que ver con la física, la de los universos paralelos y que nuestra persona o su conjunto de átomos puede estar en un punto como en aquel otro y en aquel de más allá. Todo a la vez.

Había mucho que aprender. Y aunque los hermanos me fatigaran con sus informes y revelaciones, yo hacía lo posible por asistir a cada encuentro.

Alcides abrió el debate informándome que a partir de los años 30 los grises se fueron infiltrando en la NASA y también en los gobiernos secretos de varios países.

Ese dato ya lo tengo, le recordé.

Indiferente a mi comentario, él continuó –: Tenga en cuenta que este grupo de grises se destaca por su dedicación. Además del programa de manipulación genética, se dedica a formar "guerreros imbatibles" para utilizarlos en caso de una contienda estelar con emisarios de galaxias lejanas y otros grupos que codician de este planeta los tres elementos que necesitan para sobrevivir: sus seres humanos, el cobre y el oro. Vaya a saber qué directivo perverso obedecen para que interfieran sistemáticamente con cualquier intento de protección de la raza humana.

–Hablemos en serio –propuso Asima. –Los grises enfrentan una espantosa realidad. Están al punto de la extinción y carecen de tracto intestinal.

–...

–No excretan, Clara. Digamos que dondequiera se encuentren, habrá olor a orina y demás. Por eso, se les hace muy urgente revitalizarse a través de las entidades híbridas, quienes como ya dijimos resultan de la unión artificial con terrícolas. Necesitan crear una raza nueva y algunas otras más. Y para ello, buscan nuevo material humano; seres humanos, vivos. Niños y mujeres, preferentemente. Y salen a buscarlos, periódicamente. Luego, en esas bases subterráneas que le mencionamos despojan a sus víctimas de los órganos que necesitan y al resto, es decir a los residuos, se los entregan a los saurios. Como alimento. Así lo estipula su contrato.

–...

–Cada año, en diferentes puntos del globo y sin dejar rastro alguno, desaparecen miles de niños y familias enteras. Ocurre lo mismo con el ganado que desaparece de los campos como si se los hubiese tragado la misma tierra, una ilustración que no está alejada de la realidad. La prensa jamás lo menciona. Tampoco se habla de que se dan muchos casos de quimeras –añadió Alcides.

–¿Quimeras?

–Precisamente. Organismos vivos que contienen diversos genes: humanos, de origen animal y vaya a saber qué más. Es una práctica antigua.

Quedé muda, esto era mucho más serio que los platos voladores o los seres resplandecientes y silenciosos que habitan entre nosotros. Y la información coincidía con las tramas de esas horríficas películas japonesas que pasaban de vez en cuando por la televisión. Experimentos diabólicos, monstruos que devoran humanos. Orgiásticamente. O el libro con los dibujos de Goya que trajo Pablito de la biblioteca del colegio. Excepto que los horrores de los que me hablaban los hermanos no eran ni obra de arte ni ficción cinematográfica.

Ya no era necesario que los hermanos me convencieran. Me decían la verdad. Estábamos a merced de ellos, de los otros. No éramos nada más que los personajes secundarios de una gran producción teatral, atrapados por la telaraña de nuestra insignificancia y apatía. Sufríamos de la soberbia de los ignorantes. A nadie se le ocurre hablar de estas cosas. No queda bien. No lo hacen los gobiernos, no lo predican las iglesias. Forman parte de esos "temas intocables" que no encuentran eco en la sociedad. A quienes se atrevan a mencionarlos, sólo les espera el ridículo.

Ellos. Los otros. Según los hermanos, viven en nuestro entorno, caminan a nuestro lado. Raptan a nuestros niños y mujeres. Nos matan, nos comen. Mientras tanto, al nivel alto de la política internacional se mantiene la indiferencia y el silencio.

«La conspiración es total. ¿Será porque nos gusta alimentarnos del cuento chino que nos dice que somos los dueños del mundo, del planeta. ¿El chauvinismo terrenal del que hablaba Gotthauser? ¿La falta de imaginación? ¿O nos paraliza el miedo a lo desconocido, a lo diferente, a nuestra propia falibilidad?

–Alcides, Asima. Hay algo que no tengo claro.

–¿Sí, Clara?

–¿Por qué me revelan esto, a mí? ¿Qué puedo hacer yo, Clara Glasser, enfermera?

2

Infiltración

Después de cenar, Rogelio y yo nos sentamos en el sofá a charlar un rato. Confesó que estaba preocupado. Entonces pregunté –: ¿Pasa algo en la oficina?

–No, nada. Todo tranquilo, por ahora. Sos vos. Te noto ausente, cansada. ¿Te sentís bien? ¿Tenés algún problema?

–No, ninguno. Aunque han sido muchas cosas, como sabés. Trabajo, preocupaciones. Mamá no anda bien. Hablé con ella el otro día y dice que tiene la presión alta, que se siente mal, todo el tiempo. Llamé al médico, a Gesell. Me prometió que la irá a ver. Seguramente necesita cambiar de dieta y medicamento. Es una lástima que viva tan lejos. Si estuviera más cerca, la podría supervisar.

No tenía sentido tratar de explicarle todo lo que realmente me ocurría.

–Tenés razón. Hay que hacer algo. Bueno, a ver si te cuidás. No sé, ¿menos trabajo? Tu salud primero –dijo dándome unas palmadas en la espalda.

–Gracias, querido.

Obedecí a un impulso y le di un beso al muchacho con quien me había casado hacía dieciocho años.

ɸɸɸ

Al día siguiente recibí un mensaje telepático de Alcides y Asima.

«Urgente, necesitamos reunirnos hoy, a las seis de la tarde en el café Los Querubines, sobre Libertador».

¿A qué se debía el cambio?

La reunión es sumamente importante. Tenemos que hablar. Y es necesario cambiar de local, explicaron.

—Bien, estaré allí pero no podré quedarme más de una hora —prometí.

La noche anterior, rumiando toda la información que había recibido en los últimos días, consideré la posibilidad de que los grises se hubieran infiltrado en el gobierno argentino. No me consideraba una persona muy informada en política, pero el rumbo que iba tomando nuestro país era alarmante.

—Ya están aquí ¿verdad?

—¿Quiénes?

—¿Los grises?

—Sí, y muy cerca.

—¿Muy cerca? ¿Cerca de qué… de quién?

—La situación se ha complicado, Clara. Varios de ellos y también algunos híbridos trabajan con el gobierno desde el año pasado. Pero esta semana enviaron de Washington unas cincuenta entidades más, expertos en aeronáutica, inteligencia espacial y contra-guerrilla. Asesorarán a las tres ramas de las Fuerzas Armadas.

—Latorre los conoce, está al tanto, ¿verdad?

—Sí, y según nos informa, los teme. Una docena de "agentes ocultos" se ha instalado en Aeronáutica. Trabajan cerca de Latorre y de un tal Pedro Solari, el funcionario designado al círculo presidencial. No tardaremos en identificarlos.

—A ver si lo entiendo bien. La posibilidad de uno, dos o más infiltrados cerca de Latorre fue lo que lo llevó a usted, Alcides a esperar en la sala de la casona ¿verdad?

—Clara, la tarde que usted me vio en casa de Latorre, yo tenía una cita con el brigadier. Días antes, nuestros contactos en el ministerio nos pusieron sobre aviso de que se planeaba la muerte de

Mercedes. No tenía idea de cómo lo harían ni si ya lo habían hecho en etapas. Entonces me advirtieron que dos veces por día se presentaba una enfermera en la casa, para las curaciones y la inyección. Con esa información fue fácil apostar a que la eliminación de Mercedes, a través suyo, sería cuestión de días, horas inclusive y con una gran ventaja. No habría sospechas.

Según los hermanos, todo comenzó cuando unas semanas antes de morir, Mercedes sorprendió en su casa, *in fraganti* a un infiltrado revolviendo los papeles de Latorre, buscando algo. Lo reconoció. A la primera oportunidad, ella también revisó los documentos y descubrió lo que el gobierno tenía entre manos. Enfrentó a Latorre, pero la reacción de su marido la hizo temer por su vida. Intentó ponerse en contacto con su hermano, un importante funcionario en las Naciones Unidas. No lo consiguió; el hombre acababa de morir en un accidente aéreo. Y a partir de ese momento a Mercedes se le aceleró la enfermedad. Misteriosamente.

–Sí, es verdad. Se mantuvo estable por meses hasta que empeoró de la noche a la mañana. ¡Pobre mujer! Y yo no podía hacer nada. El médico daba las órdenes y prescribía –me justifiqué una vez más, acosada por lo que recordaba de mi última noche en la casona.

Alcides y Asima estuvieron de acuerdo.

–No cabe duda, Latorre se comprometió en la muerte de su mujer. Sin embargo, lo que no está claro es hasta qué punto lo forzaron a actuar. Está aterrado y en el ministerio mantiene un perfil bien bajo, algo muy difícil de hacer para un hombre de su posición. Él mismo me informó que a cambio de las delicias del poder, el Concilio –como llama él al grupo de militares y jefes de gobierno de varios países latinoamericanos– acordó con los grises algo criminal, de gravísimas consecuencias para sus respectivos países. Tome nota, Clara, que al margen de las ideologías políticas, en las que no invertimos absolutamente nada –en nuestra opinión ninguna es valedera– entendemos que el poder acaba corrompiendo a todos.

Alcides continuó.

–Este estado de cosas fue lo que me confió Latorre en un pasillo escondido, en el ministerio. Y luego me pidió que lo visitara en su casa para conversarlo en privado. Debíamos, rogó, encontrar la manera de salvar a Mercedes. Pero como ya sabemos, esa tarde se apareció Correas con dos colegas. Que yo sepa, Latorre nunca los llamó –aclaró Alcides.

Asima añadió –: Y ahora, el gobierno. El próximo paso consistirá en provocar represalias y expulsar a funcionarios claves del gobierno anterior. El nuevo régimen opina que representan una facción desleal y peligrosa, vulnerable a una motivación pecuniaria importante, con la que podrían hacer públicas las actividades secretas a las que nos referimos.

–Vayamos al grano, Clara. En estos momentos, lo único que nos preocupa es su seguridad –dijo Alcides.

–¿Mi seguridad?

–Sí. Nos vigilan los grises, sus híbridos y gente del gobierno. Nos han visto juntos en la confitería, en la placita de la estación y ahora mismo, en este café. No se preocupe, nosotros también los vemos a ellos y los reconocemos fácilmente aunque se presenten como terrícolas comunes. Saben que tenemos bases en el sur, que continuamos usando nuestros poderes de transmigración y transmutación, o si lo prefiere, transferencia, una de las razones por la que hemos mantenido y por milenios, una guerra feroz.

–¿Transmigración? No estoy segura qué significa.

–Cuando es necesario, y en el momento que una persona muere, transferimos su alma de un cuerpo a otro transformándolo tal cual se veía aquí, en la Tierra o en otro entorno –explicó Asima, como si fuera algo sin importancia, rutinario. –Usted misma vio pruebas. ¿No le pareció extraño que en Ciénaga Azul tuviéramos a dos personas ya fallecidas, su padre y Mercedes?

–Sí…es verdad, pero como no pude acercarme a ellos ni hablarles ni tocarlos, asumí que me mostraban una ilusión, preparada para hacerme sentir bien. Alcides ¿no fue eso lo que ocurrió cuando vi a mi padre, en Alemania? –pregunté.

–Ese episodio fue diferente –apuró Alcides.

–¿Por qué diferente?

–Se le informará más tarde –respondió con frialdad.

Su respuesta me irritó pero preferí callarme. Había otras cosas que resolver.

—Volvamos al tema —insistió Alcides. —Es verdad, transmutamos, transmigramos o transferimos de inmediato a la persona o a la entidad que muere. Y lo hacemos con contactados, ya sea por nosotros o alguna otra entidad. En el caso de Mercedes porque reconoció a un gris o un híbrido en su propia casa. Y murió. Ahora ella tiene otra vida, en otro entorno, en otra dimensión.

Guardamos silencio. Noté que me miraban. No estaba segura por qué. ¿Me acusaban?

—No se sienta culpable, Clara. Esa noche, en la casona, usted fue un instrumento al servicio de una entidad bajo órdenes del gobierno.

Sus palabras hicieron poco para aliviar mi angustia.

Además, yo también creía tener la identidad del responsable, de la persona que manejó los acontecimientos antes y durante la noche que murió Mercedes. Confiaba en que ellos lo sacarían a luz en el momento que lo consideraran oportuno.

Poco antes habían mencionado "mi seguridad".

No puedo negar que la noticia me alarmó, pero como había ocurrido tantas otras veces, cuanto más importante la información, más rápidamente se me esfumaba de la cabeza. Sin embargo, el impacto regresó acompañado de una sensación fría, de vacío. La mentada emoción del miedo, a la que muy pronto le seguiría el pánico. Quise ponerme en el lugar de Mercedes. En sus zapatos. Tener una idea de lo que ella había sufrido cuando descubrió la verdad. Al hacerlo, me abrumó un aluvión de sensaciones. Es más, me pareció que Mercedes trataba de comunicarse conmigo. ¿Qué quería decirme? Ante todo, debía mantener la calma. Pero como no lo conseguía, recurrí una vez más y en silencio, a los hermanos. Sentados frente a mí, ambos me respondieron con miradas compasivas y protectoras.

3

Fotografías

Días después, una hora antes de mi encuentro con los hermanos, quise aprovechar el tiempo para ir al supermercado y hacer unas compras. Pero al llegar a la esquina de Maipú y San Martín, y en el momento que pasaba frente al quiosco de Manolo se me acercaron dos individuos.

–Clara Glasser –llamó uno de ellos.

Me disgustó el tono descarado.

–¿Quién la busca? ¿Qué quieren? Váyanse, que llamo a la policía –amenacé mirando hacia el quiosco para alertarlo a Manolo. Pero el diariero había desaparecido.

–No se moleste, la policía somos nosotros.

–Acompáñenos ahora mismo para completar un interrogatorio de rutina –dijo uno de ellos tomándome del brazo.

–¿Acompañar? ¿Adónde?

–Al centro de investigaciones.

Asustada, caminé con ellos una media cuadra en dirección al río. De pronto, se nos cruzó un Falcon verde con el motor en marcha y se ubicó sobre el cordón de la vereda. Me hicieron subir. Uno de los hombres se sentó a mi lado y el otro en el asiento de adelante, junto al chofer.

–Disculpe, estamos obligados a ocultarle el trayecto. Razones de seguridad –dijo mi compañero de asiento cuando me vendaba los ojos.

«Si no fuera que estoy más que aterrorizada diría que esto es como en las películas.»

No protesté. Me recosté contra el asiento y me dejé arrastrar por todos los miedos y sentimientos que podían ocurrírseme en ese momento aceptando que no me era posible cambiar el curso de los acontecimientos. Había oído, en la clínica, que los secuestros por parte de las autoridades militares eran cosa de todos los días. Y que el gobierno los justificaba como la lucha contra el terrorismo. Indagaban a cualquiera y se lo llevaban, sin proceso legal.

Durante el trayecto no dejaba de preguntarme: ¿Qué querían de mí? ¿No le había dado al otro oficial la información que necesitaban? ¿O tenía algo que ver con la muerte de Mercedes, con Latorre? Y Latorre, ¿no era él el funcionario más importante en Aeronáutica? Pensé en los chicos, en Rogelio. No tenía cómo avisarles de lo que estaba pasando. A los hermanos sí, y lo hice con un mensaje telepático reconociendo que tal cual me lo habían explicado ellos, las piezas del rompecabezas comenzaban a encontrar sus respectivos lugares. En efecto, nos vigilaban las entidades, el gobierno y vaya a saber quién más.

A oscuras y según iba calculando una media hora más tarde, el auto frenó suavemente y comenzó a descender hacia lo que seguramente era el estacionamiento subterráneo de algún edificio. Se detuvo, se abrieron las puertas y alguien me tomó del brazo. Por aquí, dijo la voz de un hombre. Tuve la impresión de que entrábamos a un ascensor. «Este lugar debe ser una dependencia de gobierno». Me quitaron las vendas, salimos a un pasillo y caminamos unos metros más hasta una puerta que no estaba marcada pero sí custodiada. El guardia la abrió. Entramos a una habitación ocupada por una mesa larga y rodeada de algunas sillas. No había ventanas. Y del techo colgaba un cable escuálido que terminaba en una bombilla eléctrica.

Tenía la boca seca y la garganta cerrada. Pedí un vaso de agua. Me la trajeron en una botella de plástico de gaseosa, y un vaso. Entró otro oficial. En ese momento, los hombres que me transportaron desde Vicente López se retiraron. Respiré hondo. No habían sido amables conmigo, pero presintiendo un peligro espantoso acercándose a pasos agigantados, verlos salir me hizo sentir como que me abandonaban. A mi suerte.

El nuevo oficial se sentó, abrió su portafolio y sacó una carpeta. La colocó sobre la mesa. Estiré el cuello y alcancé a ver que decía GLASSER en letras grandes y en el centro de la carpeta se habían sellado las palabras SECRETO y CONFIDENCIAL.

–Nombre y apellido.

–Clara Glasser.

–¿Domicilio? ¿Profesión?

Quise ganar tiempo, no sé por qué. Así que le fui dando la información con medida lentitud, y un poco más mientras el hombre anotaba en el expediente.

–Glasser. ¿Qué tipo de relación tuvo…no, mejor dicho tiene con el brigadier Latorre?

–¿Relación? No tengo ninguna relación con él. Hace un par de meses atendía a su esposa, Mercedes Latorre. Al brigadier lo conozco muy poco, casi nada.

El hombre hurgó dentro del expediente hasta que encontró lo que buscaba.

–Según estas fotografías, usted y el brigadier se conocen muy bien –insinuó abriendo un sobre y entregándome unas fotos en blanco y negro. Atónita, comprobé que las imágenes nos mostraban a Latorre y a mí conversando como si fuéramos íntimos, en el café Artemisa donde descansé la mañana después de la muerte de Mercedes. En una de las fotos hasta se podía ver el sobre con el dinero que Latorre me había dado y que yo había puesto encima de la mesa mientras arreglaba mi bolso.

Miré las fotos, una por una.

–Falsas, trucadas –afirmé con voz segura, entregándole el manojo y mirándolo de frente.

–Sí, esta soy yo, en el café… recuerdo el día y la hora, pero el brigadier nunca estuvo conmigo. Es más, esa mañana él estaba en su casa gestionando el funeral de su mujer para el día siguiente. No me cabe duda que lo que me muestra es un fotomontaje. Retocaron las fotos. No sé cómo lo hacen pero es lo que puedo ver aquí. Repito, son falsas.

–¿Y éstas? Mire. Mucho más comprometedoras y le advierto que son la verdadera razón por la que está en esta oficina, Glasser. Fíjese…aquí, usted en una placita conversando con un par de jóvenes, este chico de barba y pelo enrulado, y esta mujer de pelo largo, morocha, son subversivos y los estamos buscando. ¿Qué conexión tiene con ellos? ¿De dónde los conoce? Y no se me haga la mosquita muerta, ¡carajo! –dijo, golpeando la mesa con el puño.

Anonadada, no supe a qué atenerme.

–Oficial. Le explico. Estuve en esa placita, la de la estación Florida del Mitre, no hace mucho, pero con una pareja amiga, bueno…no una pareja sino un par de hermanos. Le juro por mis hijos que mis amigos no son para nada como estos chicos, para empezar, son mayores y mucho más altos. Y el hombre no usa barba. Insisto que en este caso también se ha falsificado la foto.

–Glasser… hay más fotos. Mire aquí, en un café, enfrente de la estación, conversando con los mismos chicos de la placita y aquí, estas otras, en la confitería Los Tres Amigos con el mismo par.

–No tengo explicación, oficial. Sólo insisto en que estas fotos son falsas. Estuve en cada uno de esos lugares, pero no con esa gente. Están equivocados. Quisiera hablar con un abogado, por favor… no sé de qué se me acusa. El Brigadier Latorre puede interceder. Después de todo me conoce, he estado en su casa a diario.

–¿Un abogado? Ajá, curioso por no decir cómico. Bien, tomo nota de lo que me dice. Y ahora soy yo quien le informa que usted tiene suerte. ¡Muchos quisieran tenerla! Por ahora, lo único que puedo decirle es que alguien, en el ministerio, a muy alto nivel, la protege. De lo contrario, con esta evidencia irrefutable tomaríamos una acción inmediata y la derivaríamos a un centro de detención. Es todo, por hoy. Estas fotos y mucha otra información que hemos ido juntando quedarán en su expediente. Glasser, tenga cuidado, no se le ocurra mandarse a mudar del área de Buenos Aires ni salir del país, en caso contrario… su situación se complicará. Es más, le aseguro que seguiremos investigándola. Puede retirarse.

Me levanté hecha un tembladeral, impactada por las acusaciones y el profundo temor que me embargaba. Se abrió la puerta y aparecieron los dos sujetos que me trajeron al edificio. Me acompañaron al ascensor. Allí me vendaron los ojos otra vez. Subimos al auto. Poco después me quitaron la venda y me soltaron en una vereda de la avenida Maipú, a pocas cuadras de casa. Ya libre, tuve una sola idea. Escaparme con mis hijos al fin del mundo. Nada más me importaba aunque una parte de mí, la parte resuelta a sobrevivir, sabía que era imposible.

Había salido ilesa, por ahora.

4

Latorre

Dos días después, leí la noticia en los matutinos de la ciudad:

FALLECE LATORRE, TITULAR DE AERONÁUTICA

Clarín informaba:

«El accidente se produjo en medio de una densa neblina que en horas tempranas de la mañana afectó a varios sectores al norte de la capital. Las primeras investigaciones por parte de la Policía Federal y Oficiales de Investigación del Ministerio de Aeronáutica, señalan una determinación trágica por parte del brigadier Bonifacio Latorre, y se especula que su motivo se debió al fallecimiento de su esposa, Mercedes Vidal en julio de este año. Según testigos contactados en la estación La Lucila del ramal Mitre, Latorre se arrojó a las vías del tren en el momento que entraba una formación proveniente de Tigre. El hecho ocurrió a las 8:15 de la mañana. La empresa estatal Ferrocarriles Argentinos, informó que una vez completadas las pericias correspondientes al caso, el servicio regular de trenes a Retiro se reanudó tres horas más tarde».

Mercedes había muerto hacía sólo tres meses. Y sobre la familia Latorre había descendido la tragedia. Hijo, madre y padre desaparecidos. Tristes vidas. Tristes destinos. Me dieron muchas ganas de llorar, por ellos y por mí.

149

5

Helga

Volvía a casa cuando pasé frente a La Estrella del Sur. Necesitaba comprar pan. Pero al entrar me encontré junto a mi madre, en Villa Gesell. Estaba en cama y se sentía muy mal.

–Anoche, no dormí nada – dijo quejosa.

Me explicó que unas caras extrañas la habían estado mirando por la ventana del chalet, señoras con rodetes y también unos "peladitos sin orejas" que la hacían acordar a Nosferatu, el vampiro. Mi madre no entendía por qué tenía que soportar a estos vecinos raros, curiosos y mal educados. Para no verlos, cerró las persianas y las ventanas.

–Las cosas no son como antes, Clarita, el barrio se echó a perder. Y Rudi no paró de ladrar. ¿No te parece raro? ¡El pichicho conoce a todo el vecindario! Ay, esto ya no es vida, hija.

Mach langsam, Mutter. Tranquila, mamá. Le hacía falta dormir. Busqué un sedante y se lo di. Hablaría con Rogelio. Esto no podía seguir así. Ya era hora de que *Mutti* se viniera a Buenos Aires, a vivir con nosotros. Y lo resolveríamos lo más pronto posible. Mañana mismo.

Pensar en la panadería y regresar, fue todo uno. Le pagué a la empleada y salí a la calle con mis dos kilos de pan francés pensando en lo que acababa de ocurrir. Y de pronto, se aclaró el panorama. Los hermanos habían puesto a mi disposición una suerte de alfombra mágica. Un truquito muy útil al que ya comenzaba a entenderle el mecanismo. Un vórtice, un "portal", habían dicho. Lo que sea. Dadas las circunstancias y lo ocurrido en los últimos días, un gran alivio. Ellos sabían que teníamos una emergencia entre manos: mi madre me necesitaba. Mientras cavilaba sobre nuestra situación recordé cómo describió ella a las personas de aspecto extraño: Mujeres con rodetes. ¿Dónde las había visto? En la placita, claro. Y también la horrible enfermera, frente a la casa de Porto. Grises o híbridos, poco importaba pero ¿qué podían querer con *Mutti* Helga? ¿O me buscaban a mí? Nada sucede por casualidad.

–No se discute más. *Oma* se viene a vivir con nosotros –le comunicó Rogelio a toda la familia cuando le expliqué los problemas de salud de mi madre. Era nuestro deber. Él mismo se encargaría de ir a buscarla. Le pediría prestado el coche al primo Hansi y viajaría a Gesell el sábado a primera hora.

–¿Y Rudi? ¿Qué van a hacer con Rudi? –preguntó Mónica, ansiosa.

–Rudi también viene –confirmó su padre, resignado.

Mi hija sonrió. –Bárbaro, ahora tendremos un perro en casa, siempre quise tener uno –dijo.

6

Viaje

Sentí cómo se espaciaban los latidos de mi corazón. La situación se había agravado. No titubeé. Les envié a los hermanos otro mensaje telepático. ¿Qué hago?, pregunté. Nada, respondieron. Su respuesta no consiguió apaciguar mi sensación de vulnerabilidad.

Esa noche, me desvelé pensando en el interrogatorio con la policía del ministerio, en mi madre, en la muerte de Latorre, en el extraño encuentro con Aurelia en casa de Porto, en el accidente que casi tuve con ese chico alocado, en la niñera o enfermera caminando por la vereda de enfrente.

Pasada la medianoche, me llegó un mensaje.

Las autoridades habían encontrado el cuerpo de Aurelia en el río. Se hablaba de circunstancias sospechosas. Al parecer, ella nunca dejó la casona sino que continuó trabajando para Latorre. Es decir que cuando conversamos en casa de Porto, me mintió. Y mi teoría quedaba en la nada.

El mensaje continuaba. Debía viajar.

¿Adónde? El destino ya no me parecía importante. Me daba igual. Yo iba a donde ellos quisieran aceptando que habría buenas razones para hacerlo. En cualquiera de esos lugares me recibiría un ser físico, un integrante de esos mundos inexplicables a los que acostumbraban a llevarme los hermanos. Me protegerían. De eso estaba segura.

7

La Reina de las Nieves

No sé cómo llegué a ese lugar junto al mar. Había oscurecido. Un grupo de hombres, desconocidos me ayudó a subir a una barcaza. Al pasar, oí que mencionaban el Golfo de San Jorge, que sabía situado al sur sobre la costa atlántica. Zarpamos sin demoras y nos alejamos mar adentro hasta un punto en el océano donde nos enfrentó un reflector que irradiaba una potente luz blanco-azulada y cubría una enorme extensión a su alrededor. El reflector también iluminaba una plataforma gigante, de vidrio o plástico transparente con un globo insertado en su centro y que en ese preciso instante emergía del océano.

La nave-plataforma esperaba junto a la barcaza. Mis acompañantes me indicaron que subiera a ella. Salté a cubierta donde me recibió una formación de individuos altos y rubios, vestidos con buzos ajustados de color oscuro. Me condujeron hasta un ojo de buey, me introduje por él y descendí por una estrechísima escalerilla al interior del globo donde me esperaba otra tripulación. Se oyó un ruido infernal, parecido a los motores de un avión a punto de despegar y a través de las ventanas del globo vi cómo el agua comenzaba a centrifugar formando un túnel vertical por el que nos hundíamos vertiginosamente.

Tocamos fondo y desembarcamos en una playa desierta frente a una enorme cueva. Me volví hacia mis compañeros buscando instrucciones pero como por arte de magia tanto ellos como la plataforma-nave habían desaparecido. Ahora sí que me encontraba sola. Sentí un mareo, pero avancé hacia la abertura y me interné en la cueva. Dentro, caminé varios metros por un sendero oscuro hasta llegar al centro de una rueda gigante, iluminada, con radios que se transformaban en tubos de cristal o corredores. Entusiasmada, los exploré uno por uno fascinada al ver mi imagen reflejándose en las paredes cóncavas y repitiendo el efecto miles de veces.

Oí entonces las voces angelicales de los niños voladores que me hablaron aquella vez en la calle y sentí su presencia. Tan pronto se manifestaron noté que me saludaban elevando sus brazos largos, delgados, y señalándome con sus dedos puntiagudos. No estaba segura si se reían de mí o estaban contentos de verme. Y en su extraña efusividad y tal cual lo hicieron aquella vez en la calle me llamaron por mi nombre:

–Oh, niña Clara. Ven, ven –dijeron.

Supongo que debí haber caído en un trance porque me vi a mí misma corriendo tras el dúo fantasmal hasta que se elevaron por el aire y desaparecieron.

Me metí por otro tubo. A la distancia, distinguí unas burbujas enormes similares a zeppelines suspendidos. Transparentes. Contenían plantas, humanos, otros seres parecidos a los humanos, y también otros que supuse *grises* pero altos como los hermanos. Había animales, y algunos muy diferentes de los nuestros. Aprecié una metrópoli distinta y a sus habitantes circulando por avenidas y parques cultivados; debían ser las huertas, los "hábitats" de los que me hablaron Alcides y Asima.

Cuando regresé al centro de la gran rueda, la hallé convertida en un lago, congelado. Y en medio del hielo se había sentado un niño muy grande, muy blanco que jugaba con bolas de cristal. Me acerqué. Era un bebé y llevaba pañales. Un bebé de gigante que me miraba con sus enormes ojos celestes, límpidos y rasgados. Arrobada, observé que su boquita y orejitas eran muy pequeñas para semejantes ojos. Inocente de mi escrutinio, el bebé sonreía y jugaba. Y yo, con sólo contemplarlo, me enternecía. Quería tocarlo, acariciarlo, mimarlo. Quiero a ese bebé, grité en silencio. Quiero a esa criatura que responde a mis sentimientos con la expresión más genuina de amor que haya experimentado jamás. El niño dejó de mirarme y volvió a su juego con las bolas de cristal.

φφφ

«¿Es que he llegado a la mansión de la Reina de las Nieves, a la gran sala desierta y helada donde reside la reina que se sienta en el lago/espejo, al que ella misma ha roto en mil pedazos, tan iguales entre sí que su conjunto es una obra de arte?»

–Así lo cuenta Hans Christian Andersen –decía mi padre cada vez que me leía las aventuras de la pequeña Greta en el nórdico reino de las nieves y los vientos que cortaban como navajas. El cuento continuaba así:

«La Reina insistía en que ella estaba sentada en el "espejo del entendimiento" y que éste era el mejor y el único del mundo. El pobre niño Kay, a quien en su furia ella misma había arrebatado de manos del Trol, el maldito y horripilante enano gris, no puede ver bien. Tiene una astilla de vidrio en el ojo. El niño junta las piezas rotas del lago para armar un rompecabezas y formar la palabra e-t-e-r-n-i-d-a-d. La Reina de las Nieves le ha dicho que cuando lo consiga, vencerá a los del bien y a los del mal, y podrá regresar a su verdadero hogar.»

φφφ

El bebé con pañales continúa sentado sobre el lago de hielo. Pero ahora, nos separa una ventana de cristal. Y el bebé no está solo. Lo acompaña un hombre, ¿el padre? ¿Un médico? No lo sé. Un hombre parecido a Alcides que también se encarga de lo que me pareció ser un gris, enfermo y débil, recostado sobre una tarima.

La visión del gris me provoca mucha tristeza.

Tan pronto el asistente se percata de mi presencia, me mira a través del vidrio y dice –: Se está muriendo, no le queda mucho más.

φφφ

Si no hubiese sido por la pared de cristal, habría corrido al lado del gris moribundo para ayudarlo o interferir con lo que fuera a ocurrir.

φφφ

El gris lee mi pensamiento y me responde con una mirada larga y elocuente. Y entonces soy testigo de cómo su fuerza vital abandona su cuerpo para introducirse en el del bebé con pañales. El bebé se pone de pie, se mueve un poco para estirar piernas y brazos tal como lo haría un jugador de fútbol. El físico es diferente y excesivamente musculoso para un bebé, aunque sea de gigante. Transformado, el bebé se agacha, toma una de las bolas de cristal y levita, transportándose a otro lugar, a jugar.

8

En casa

Como una autómata me serví el café de la mañana. El viaje a la base submarina regía mis pensamientos, particularmente la frasecita "el espejo del entendimiento" acompañándome como el goteo de una canilla. Comprendí entonces que ése era el mensaje, la clave y la solución de lo que estuviera por venir. Debía prestarles atención.

Amparada en mi silencio y a una distancia física, seguí tomando mi café a un costado de la mesa. Observé a mi familia. Como siempre, desayunaba apurada mientras yo me remontaba cómodamente a la imagen y al recuerdo del bebé de gigante, sentado en medio del lago congelado. Mi niño. Y también al episodio "transferencia" del que había sido partícipe el pobre gris. Alcides y Asima lo habían arreglado todo para que yo presenciara una muerte a la que le seguía una transferencia de fuerza o energía vital a otro ser, viviente. ¿Era así como conseguían seguir viviendo? Y quien moría o se sacrificaba, ¿lo hacía voluntariamente? O como en el caso del gris, de quien ni siquiera sabía si era amigo, enemigo o prisionero, ¿lo sentenciaron a morir para fortalecer la fuerza energética del niño? ¿Podían dos fuerzas vitales coexistir en un mismo cuerpo?

9

Experimentos

Llegué con retraso y expliqué que había tenido un día ajetreado. Me esperaron pero no tan tranquilos como otras veces. De sus rostros afloraba una nueva gama de emociones, las mismas que en otros encuentros rechazaran con vehemencia.

Me inquieté.

—¿Cómo se siente, Clara? —preguntaron los hermanos al mismo tiempo.

—Relativamente bien, gracias. Hablemos de Latorre, de su muerte, anteayer. Me enteré por el diario. Pero por sobre todo, quiero hablar del interrogatorio en el ministerio. Y que me expliquen que le ocurrió a Aurelia. ¿Qué piensan de todo eso? El oficial que me interrogó afirmó que alguien, de alto nivel, me protegía. ¿Latorre? ¿Una entidad? Me parece un dato importante. Estoy muy preocupada.

—No ha ocurrido nada más que lo predecible, Clara.

—Ah, claro…para ustedes esto no es nada. El oficial a cargo me mostró fotos falsas y comprometedoras.

—No se preocupe, Clara. Está todo bajo control. Además, la lista de sospechosos se nos va acortando —indicó Alcides mirándome fijamente. Él conocía mi opinión respecto del brigadier. Latorre era culpable de la muerte de su mujer. ¿No estuvo a mi lado cuando le inyecté la morfina a Mercedes? ¿Quién me dio la ampolla?

Preferí cambiar de tema.

—Y como bien saben, ayer salí de paseo. A Gesell, a la casa de mi madre. Les agradezco el haberme puesto sobre aviso. Mi marido y yo lo tenemos decidido. Mi madre se vendrá definitivamente a Buenos Aires, a vivir con nosotros.

—Nos parece una excelente idea siempre y cuando no le haya mencionado a su esposo lo que sucedió en casa de Helga —destacó Asima.

«No, por supuesto que no.»

—Helga se sentirá más segura con la familia —dijo Alcides.

—¿Más segura? Entonces ustedes sospechan que esas caras extrañas, los "peladitos sin orejas" y las "mujeres con rodetes" que mencionó mi madre, son los grises o tal vez, los híbridos ¿verdad? .

—Probablemente. Hablaremos de ellos más tarde.

—¡Díganme la verdad! Mi madre corre peligro.

—Clara, estamos observando la situación y muy de cerca.

—Espero que sí porque esto ya no es un juego —exclamé, molesta por lo que siempre percibía como indiferencia de su parte.

—Bien, y ya que estamos, repasemos el otro viaje, el que hice anoche a la base submarina. Muy interesante —añadí, mezclando sarcasmo, admiración y tristeza.

—Nos alegramos de que haya podido ver ese lugar. Es más, en estos momentos nos viene muy bien porque las circunstancias han cambiado.

—¿Qué circunstancias?

—Su vida corre serio peligro, Clara —adelantó Alcides.

—¿Mi vida? ¿Qué tipo de peligro? Ah...las fotos...los subversivos...

—Peligro de muerte o peor.

—¿Qué puede ser más peligroso que la muerte?

—Quizá todavía no lo sepa. Está embarazada —anunció Asima, visiblemente preocupada y tomándome del brazo por primera vez desde que nos conocimos.

–No, no puede ser –dije, agitada, soltándome de ella. –¿De qué están hablando? Se equivocaron. ¿Embarazada? ¿Ahora? ¿Cómo?

Tomé un poco de agua. En cuanto me calmé tuve que admitir que podían tener razón. Mi cansancio general. Cambios hormonales. Pensé que los malestares tenían que ver con el medicamento que tomaba para la tiroides. Sin embargo, días atrás había decidido ver al médico a la semana siguiente. Por Dios, un embarazo no tenía sentido. ¿Cómo pudo haber ocurrido? ¿De cuánto tiempo? No sabía de qué hablaban. Yo no veía cambios físicos. Todavía no.

Habían identificado a varios de los infiltrados entre el grupo de grises que acababa de llegar, informaron. Y también a los que ya se habían integrado al personal del ministerio. La última noticia era que Pedro Solari había desaparecido. Dos días antes, sus compañeros de equipo en el grupo cercano al presidente notaron su ausencia. Nadie tenía idea de dónde estaba ni donde podría haberse metido, si así era el caso. Como no se le conocía familia inmediata la investigación no progresaba.

Por último, y en caso de que me quedara alguna duda, Alcides y Asima hicieron hincapié en que a estas entidades les interesaba conducir experimentos genéticos, con fetos. No, no sabían exactamente si era eso lo que buscaban de mí. Nada bueno, por cierto. También especularon con la hipótesis de que las entidades y los mismos militares tratarían de raptarme, asesinarme o lastimar a mi familia.

Muy serio, Alcides enfatizó –: Tenga en cuenta que no titubearon con Latorre ni con Mercedes y ni siquiera con su hijo Hernán, quien al parecer sospechaba algo de las actividades de su padre. El joven murió en un accidente en la ruta a Mar del Plata; no sólo conveniente sino convincente. Como tampoco se olvidaron de Aurelia.

Este último detalle me dejó atónita. Pero me urgía hablar con los hermanos sobre el interrogatorio, las falsas evidencias y la sugerencia de mi conexión con Latorre a espaldas de su mujer. Y además, las sospechas de mis reuniones con subversivos. A medida que les transmitía mis preocupaciones, persistía en mi recuerdo la escena de la ´transferencia´ que había presenciado en la base subterránea.

Hablaremos de eso en otro momento, respondió Alcides como acostumbraba a hacerlo cada vez que le pedía una explicación.

10

El cubo de cristal

Asima sacó de su bolso un pequeño cubo de cristal y me pidió que lo tuviera entre mis manos. Es un "cronovisor", explicó. Haríamos una lectura en el tiempo, prometió antes de indicarme que debía sentarme en otra mesa. De muy mala gana me ubiqué cerca del mostrador manteniendo el cubo entre mis manos, sintiendo la electricidad que emanaba y cómo ésta invadía mis manos. Al instante y telepáticamente, me llegaron las instrucciones de cómo manejarlo.

–Cierre los ojos, Clara. Ahora ábralos, por favor. Enfoque su mirada en el centro del cubo. Verá eventos que se conectan directa y emocionalmente con usted. Cosas desagradables me temo, pero deberá registrarlas todas.

Seguí las instrucciones al pie de la letra y me concentré en el centro del cubo. Al principio, todo lo que podía ver era nuestro planeta azul experimentando movimientos de tipo geológico. Cambió la visión y descansó en el mapa de nuestro país comenzando con una progresión de acontecimientos históricos que tuvieron lugar en los últimos doscientos años. Cuando llegamos a lo que parecía ser la actualidad, pasaron imágenes de disturbios y discursos políticos. ¿Cómo? ¡Perón regresando al país! Le siguieron asesinatos, persecuciones, los militares nuevamente en el poder, los jóvenes sufriendo la falta de justicia. Torturas, muerte y desaparición. ¡Oh, ahí estaban mis hijos, detenidos, encarcelados, pobres inocentes! El cubo mostró mucho más, eventos que desconocía y entonces comprendí que se proyectaban desde el futuro y reflejaban un impacto global. Guerras interminables en los desiertos, hambrunas, millares de niños y adultos huyendo, viviendo a la intemperie, bombardeados, envenenados por compuestos químicos, masacres, desastres naturales, catástrofes nucleares, pandemias, invasiones, secuestros, corrupción, fanatismos religiosos, guerras santas, colapsos financieros, campos de concentración, genocidios, mundos robóticos y subterráneos, hasta otro tipo de humanos, irreconocibles y monstruos devorando humanos. Finalmente, tres días y tres noches de completa oscuridad. En todo el planeta.

No pude ver más. Regresé a nuestra mesa y le entregué el cronovisor a Asima. Ella lo guardó rápidamente en su bolso.

Deshecha, aniquilada, me eché sobre una silla, me cubrí la cara con las manos y me refugié en el silencio. Poco después, con los ojos llenos de lágrimas les pregunté qué era lo que querían de mí.

—Comprendemos su angustia, Clara. Pero, antes que nada, veámosle el lado positivo a la situación. Usted es una persona muy privilegiada.

—...

—Ha viajado en el tiempo. Ha visto un futuro calamitoso y con ese panorama en mente, está en usted la posibilidad de modificar el destino de sus hijos, de su familia.

Me alarmé. No entendía adónde querían llegar.

—Lo que proponemos es lo siguiente —dijo Alcides.—Que consienta y lo más pronto posible en refugiarse en una de nuestras bases, la submarina preferiblemente, la más segura. El ingreso será por vida. No hay vuelta atrás.

—¿Qué dicen? ¡Qué me están pidiendo! ¡No! ¡Imposible! Jamás, me entienden, jamás dejaría a mis hijos ni a mi familia —grité, sin preocuparme de que me escuchara la otra gente que estaba en la confitería.

No hay otra solución, respondieron bajando la cabeza. Entonces, con lujo de detalles expusieron la verdadera situación. Los grises, los militares y otros sujetos estaban seriamente comprometidos con el plan, con el encubrimiento. Hasta las narices, remarcó Asima. Y yo, Clara Glasser, era la única testigo que aún quedaba viva de lo ocurrido aquella noche en la casona. Debía ser eliminada como lo habían sido Latorre, Aurelia y Solari. ¿Quién había sido mi misterioso protector en el ministerio? Pues no otro que Latorre y ya no podía contar con él. Los demás se habían confabulado contra mí, en primer lugar por el episodio en la casona y en segundo, por formar una estrecha asociación con exoterrenales enemigos y haberme sometido a experimentos en Ciénaga Azul.

—Un momento. ¿De qué están hablando? ¡Latorre me obligó! ¡Yo no tuve nada que ver! Y nunca le dije nada a nadie. Ciénaga Azul, ¿no fueron ustedes los que se acercaron a mí, los que me contactaron? ¿Qué experimentos? No sé nada de eso. Y ahora me comunican que estoy embarazada. Ya veo, ustedes dos abusaron de mi confianza, me utilizaron, me impregnaron contra mi voluntad y ahora me condenan a un encierro en las profundidades del mar. Por vida. ¿No es increíble? cuestioné, con sarcasmo.

—Y también lamentable… pero no deja de ser la realidad.

11

El Concilio

Al fin, Asima admitió que debían explicarme muchas cosas. Entre ellas, que las fuerzas represivas y totalitarias temían que la revelación de las actividades conjuntas y abusivas del Concilio pusieran en evidencia la conexión que mantenían con inteligencias alienígenas. Para el Concilio, eso representaría un escándalo de gran magnitud. Se hundirían los mercados financieros, se truncarían los planes políticos y las alianzas a largo plazo. Y las naciones cómplices, no sólo perderían el control de las rutas del narcotráfico sino también la ayuda tecnológica y financiera que ya recibían de esas entidades. Los grandes poderes se lavarían las manos – "problemas del Tercer Mundo"– afirmarían en conferencias de prensa y "que ellos, por supuesto, no tenían ni tienen conexión." Al menos, así es como lo explicaría el New York Times.

A cambio de todos los beneficios, riquezas y poder, el Concilio le entregó su alma al diablo, por decirlo así. Porque todos sus miembros acordaron en suministrarles a los grises y a los saurios, sus amos, los valiosísimos minerales que las entidades necesitan para sobrevivir y como ya mencionamos, aquello que más codician, el material humano que les permite continuar con sus atrocidades y experimentos genéticos.

–Sí, pero ¿cómo hacen, cómo encuentran ese material humano? – pregunté, preocupada.

–Esa es la parte más sencilla –explicó Alcides. –Preparan las condiciones políticas y socio-económicas para implementar la represión

169

sistemática, que es la manera más eficiente de contar con cientos, miles de personas, encarceladas o aparentemente desaparecidas, a quienes entregan en masa y rápidamente, a los grises, para que dispongan de ellas a su antojo.

En cuanto a mí. Ellos, los otros estaban muy al tanto de que en las últimas semanas se me había informado de estos pormenores y muchas cosas más. Según los hermanos, yo me encontraba en la coyuntura exacta, cuidadosamente planeada poco antes de la muerte de Mercedes. Es más, cada uno de los detalles de la operación se encontraban bien detallados en el expediente Glasser, es decir, en las exclusivas manos del gobierno. Y me constaba que el expediente continuaba abierto, lo había dicho el oficial durante el interrogatorio. Ellos, "los otros" contaban con que una vez eliminado Latorre, no quedaría quién pudiera testificar en mi favor, aunque yo insistiera en haber seguido las indicaciones de Latorre y Correas. Me involucrarían con la justicia por haberle inyectado a Mercedes Latorre, la paciente a mi cargo, una dosis que excedía a la prescripta y cuya administración yo misma le había admitido al oficial de ministerio. El expediente contenía esa información. También las sospechas de que los Glasser éramos judíos, que yo había tenido un *affaire* con Latorre y peor, conspiraba con grupos subversivos que según el gobierno, habrían eliminado a Latorre. Todos estos detalles me convertían en una asesina común, una trastornada. Tan pronto me condenaran a prisión, sin debido proceso, "desaparecería" en el momento que me entregaran a los grises y a mi suerte. Las fuerzas oscuras, operando con el beneplácito del mismo gobierno se encargarían de mantener un seguimiento de mi familia y de disponer de ellos cuando lo consideraran oportuno. Si no lo hacían inmediatamente, volverían a la carga más adelante, motivados por necesidades políticas. De esta manera, la historia de los Glasser concluiría con los eventos que proyectó el cubo de cristal. En caso de que fracasase el plan original, contaban con otro paciente, agonizando en circunstancias similares.

«El capitán Porto».

Y por eso mismo se deshicieron de Aurelia.

–No le queda mucho tiempo, Clara. Le apremia tomar una decisión –indicaron Alcides y Asima. –Más allá de todas las razones que le dimos, los grises utilizarán a su bebé. Lo harán, no lo dude ni por un instante. No tiene futuro ni con las entidades ni con los militares. Dos frentes enemigos. Créanos, tenemos plena conciencia de la enormidad del sacrificio y de las alternativas que le ofrecemos.

–¿Puedo saber por qué tratan de protegerme? –pregunté enojada, desconfiando nuevamente de ellos.

–Es nuestra obligación como custodios de la raza humana. No conocemos las razones. Recibimos instrucciones: proteger a nuestros humanos. Conservarlos y asistirlos en el camino evolutivo. Capacitarlos para cuando se enfrenten con los que vendrán –respondió Asima.

–¿Quiénes vendrán?

–Los saurios…Clara, que no vendrán de algún sitio remoto en la galaxia sino de las mismas profundidades del planeta. No lo olvide. Ya lo habitan.

–…

–Y también la "obligación moral" de ayudar a la hija de su padre y a toda su familia que son y forman parte de una génesis particular, íntimamente ligada a la nuestra –declaró Alcides.

Y agregó –:Sepa Clara, que nuestra prioridad fue preservar sus genes y esa fue la razón que provocó la impregnación –.

–Alcides…Asima, todo esto que me dicen no me sirve de nada ni tampoco me consuela. No me parece justo que me obliguen a tomar una decisión que ya está condicionada–.

Me tenían entre la espada y la pared. Y lo sabían. Por eso redoblaron los argumentos, advirtiéndome que el peligro que se avecinaba era aún mayor.

12

Cavilaciones

Toda mi vida creí ser una persona honesta. A conciencia, no le había hecho mal a nadie. Y si realmente era así ¿por qué me ocurría esto a mí, a mi familia? ¿Por qué me castigaba Dios? ¿Qué parentesco, que maldita conexión genética podía tener yo con la etnia de los hermanos?

Alcides y Asima fueron muy claros: No había escapatoria. Tampoco podía regresar a mi vida normal, verdadera, anterior, esa vida que me reclamaba. Dudé de la existencia de Dios. Y eran tantas las dudas, que lo salpicaban todo y a todos.

¿Qué pruebas tenía yo de que los hermanos me decían la verdad? Toda la información provenía exclusivamente de boca de Alcides y Asima. ¿Y si la fabricaron o me indujeron a verla, a creer ciegamente en los acontecimientos del futuro tal los reflejó el cubo de cristal? Era posible. ¿No habían dicho ellos que manipulaban el tiempo y la materia? El interrogatorio con la policía, ¿ocurrió realmente? El montaje de las fotos, ¿fue obra de quién? ¿Existía el maldito expediente Glasser? ¿O era otra ilusión?

Por cierto, a los grises nunca los vi salvo por aquel moribundo en la base submarina. Sin embargo, los hermanos insistían en que merodeaban y observaban cada uno de nuestros movimientos y encuentros, como el que tuvimos en la placita o las reuniones en la confitería. Y para hacerlo, utilizaban a los híbridos, autómatas camuflados, sometidos a ellos.

Por el otro lado, mi madre los vio en Gesell y a ella, le creía. Tampoco necesitaba ir tan lejos. Me bastaba con la escalofriante figura que se me apareció frente a la casa de Porto. Si 'los otros' nos veían, vigilaban, y se proyectaban en forma humana, no había entonces ninguna posibilidad de que los reconociera por lo que eran en realidad. Cualquier persona con la que me cruzara en la calle o con la que hiciera contacto podía ser un gris o un saurio transformado en humano, esperándome en algún rincón de un café. Sentado. Leyendo el diario. Como lo hizo el mismo Alcides en la sala de los Latorre. Todo era posible.

Pensé en el gobierno, en los militares. Se merecían la reputación que tenían, se la habían ganado y contaban con amplia compañía, no solamente en este país sino en el mundo entero. ¿Quién no sospechaba de ellos y de las barbaridades que cometían?

Sin embargo, cuando evaluaba y desde varios ángulos el conjunto de personajes, eran siempre Alcides y Asima quienes terminaban resultándome creíbles, sabios y poderosos, dispuestos a ayudarme.

¿No fue Alcides quien me salvó la vida cuando un auto casi me atropella al cruzar la avenida? Uno de los tantos y fallidos intentos de asesinato por parte de los grises. También el incidente con el chico de la bicicleta. ¡Pobre Latorre! Y ese otro hombre, Solari. Y Aurelia. No tuvieron esa suerte. Alguien se encargó de ellos. Ahora me tocaba a mí.

Sí, a pesar de mis digresiones y mis desconfianzas, a los hermanos, les creía. También a Gotthauser y los argumentos bíblicos que respaldaban su existencia y su accionar. "La ausencia de evidencia no implica evidencia de ausencia," habían dicho más de una vez. Mi situación ya no era negociable y una decisión, inevitable. Siempre y cuando esa decisión estuviera en mis manos y no en la de ellos, los enemigos.

Por lo tanto había llegado la hora de confiar en mi intuición o en el razonamiento siempre fiel que brota de la fosa de las urgencias. Y en mi guía, mi propio padre. Pedí una señal.

13

La ventana de la alegría

Esa noche, en casa, me esperaba la familia para celebrar mi cumpleaños. Mis hijos, mi madre y Rogelio quisieron darme una sorpresa agradable, emotiva; sin embargo, verlos a todos juntos me avergonzó. Me había olvidado, por completo, que cumplía treinta y ocho años. El descuido sucedió por la simple razón de que a partir del momento en que los hermanos me comunicaron el peligro de mi situación y la de mi familia, me desconecté de mis campanitas, como me gustaba llamarlas, de su repique interior, de la brújula que en todo momento me señalaba la existencia de mis hijos, mi familia y los demás aspectos de mi vida cotidiana aun cuando pasara una buena parte de mi tiempo en compañía de los hermanos en la confitería, escuchando sus sermones.

–Mamá, hoy no tenés que cocinar —dijo Pablito mostrándome el pollo asado de la rotisería, las empanadas, la torta selva negra y el helado.

Desde la otra punta de la mesa, Rogelio sonreía. Y así, en compañía de mis hijos y familia, disfruté de la fiestita, del momento alegre convencida de haber disipado mis miedos pero éstos, crueles, buscaron mi atención entre las risas y el buen momento. «Porque es a través de la ventana de la alegría que Dios hace brillar a la sabiduría» había dicho Gotthauser en algún sermón. Rogué que fuera una de esas verdades imbatibles porque mi mente, atormentada, no me daba tregua. ¿Cómo dejar a mis seres queridos y desaparecer de sus vidas? ¿Cómo permitir que mi sentido de preservación, exacerbado por el que según Alcides estaba por nacer me hiciera abandonarlos a los horrores que vaticinaba el cubo de cristal? Sobre mis hombros pesaba la enorme responsabilidad de hacer algo, de rectificar o moderar lo que pudiera ocurrir. Y cuando más lo necesitaba, más imposibilitada me encontraba de compartir estas preocupaciones con mis seres queridos.

Después de la celebración y en un momento de tranquilidad, Rogelio y yo nos sentamos en el sofá.

–Vení, Clara, charlemos un poco –dijo con tono preocupado.

Me tomó de la mano. El gesto me sorprendió pero lo dejé hacer. Mi marido y yo no nos habíamos tocado en mucho tiempo. Sentí que flaqueaba. Quise decirle cuán desesperada estaba, pedirle que me abrazara, me consolara y también, hacerle saber cuánto necesitábamos volver a lo que éramos. Pero dudé que eso fuera posible. Ya no. Rogelio y yo habíamos perdido esa oportunidad a la vera de algún camino. A pesar de ello, y en contra del sentido común, estuve a punto de contarle todo, desde el principio. Pero algo más fuerte que yo me lo impidió, transmitiéndome que a esta situación la debía resolver yo sola.

Tomaría las decisiones al día siguiente. Esa noche quería dormir. Y me dormí, con un sueño liviano que me apresaba a intervalos. En el momento que prometía ser más profundo, me forzaba a emerger de él y enfrentarme con las caras endemoniadas de las mujeres con rodetes en la nuca, el salto mortal de Latorre, los ojos oblicuos de Aurelia y la expresión moribunda del pobre gris en la base submarina.

14

El ermitaño

La señal que había pedido me llegó en un sueño. Caminábamos con Rudi por un campo de batalla, devastado, gris, cubierto de caballos y soldados muertos, caídos hacía mucho, mucho tiempo. Muy alegre el perrito corrió hasta un claro en el bosque donde cayado en mano aguardaba un ermitaño encapuchado. Pregunté–: ¿Qué debo hacer, viejo hombre?

El anciano respondió:

–*Der Spiegel des Verstehen*, el espejo del entendimiento. La eternidad. Ha llegado el momento.

15

Planes

Por la mañana, a punto de salir para el colegio, Mónica me recordó que al día siguiente, a las tres de la tarde ensayaría con su coro en el Salón Auditorio, en Olivos. El recital era la semana siguiente pero ella quería que la escuchara un poco antes cantando un solo, muy cortito.

—Te va a encantar, mamá.

—Te prometo que iré, querida.

Cuando nos quedamos desayunando en la cocina, le pregunté a Rogelio si había tenido noticias de Gert y Lotte, sus tíos de Munich. O de sus primos.

—En los últimos meses, no. ¿Por qué?

—Estuve pensando. Me parece que sería bueno que mandáramos a los chicos a estudiar allá. En Alemania.

—¿Qué decís?

—Mirá, Pablito se inclina por las ciencias y le fascina la astrofísica. Estudiar en Europa le vendría muy bien, tienen las mejores universidades y también el Instituto Planck, por darte un ejemplo. Y a Mónica, ¿no te parece que le vendría bien exponerse al mundo de la música? Qué mejor que allá. La otra opción, Estados Unidos, pero ya no tengo ningún tipo de contacto con los Altmann, en Chicago. Por eso pensé en tus tíos Glasser. Los chicos necesitarán donde vivir y familiares que los acompañen.

–Estás bromeando. Para empezar, no creo que podamos afrontarlo financieramente.

–Cierto, pero *Mutti* me habló de unos terrenos que tiene en Córdoba. Si le explico la situación, por ahí decide dármelos ahora, Y yo tengo unos ahorros.

–¿Ahorros? ¿De dónde sacaste la plata? ¿Desde cuándo? ¿Con todo lo que pasamos, Clarita?

–Perdoname. Son un aguinaldo que recibí de Latorre, el brigadier ¿te acordás? Después que murió Mercedes. Puse toda la plata en el banco para los chicos. No es mucho, no te creas. Quién te dice, por ahí hasta nosotros, vos, yo y *Mutti* nos vamos a vivir a Munich. Seamos francos, Rogelio, aquí no nos va muy bien. Y vos no tendrías ningún problema en conseguir un empleo en una empresa de ingeniería. Tu alemán es perfecto. Bueno, es una idea, nomás.

–Está bien. No costará nada escribirles a mis tíos o a los primos, y esperar su opinión. Pero si los chicos se van… los vamos extrañar mucho. ¿Te das cuenta, Clarita? Te digo que con sólo pensarlo se me parte el corazón. ¿Dejar el nido? Todavía son chicos, mimosos. Tendrán que decidirlo ellos mismos, ¿no te parece? Y nosotros, aceptar lo que diga la familia.

–Será lo mejor para ellos. Un riesgo grande, lo sé. Si se van nos quedaremos tristes y muy solos. No regresarán en mucho tiempo. Si es que lo hacen alguna vez. Harán su vida por allá.

Rogelio se levantó de la mesa, se acercó a mi silla y me abrazó, bien fuerte. No supe cómo reaccionar. Atiné a esconderme en su cuello para que no viera mis lágrimas ni se percatara de mi desesperación.

16

La Calesita

Terminé mis obligaciones de la mañana y procuré comunicarme con los hermanos. No estaban en Los Tres Amigos. Tampoco en Los Querubines. Continué buscándolos. Fue inútil. No tenía su dirección ni número de teléfono. Porque nada de eso existía. Se alojaban, habían dicho, en obras en construcción o en sus bases. Me quedaba revisar un lugar más. Ese horrible café, enfrente de la placita de la estación. Diligente, caminé por la avenida San Martín.

Me iba acercando cuando escuché, a lo lejos la musiquita de la calesita municipal. Eran horas del mediodía, y aun así me la imaginé desbordada de chicos como cuando los llevaba a Pablito y Mónica. Seguí caminando pero la cancioncita no dejó de perseguirme, tan tonta y llena de recuerdos:

> *A la calesita quiero ir a jugar*
> *Un boleto para mí, otro para vos,*
> *Así vamos los dos...*

Entré al café y me golpearon olores agrios, de cerveza y humo de cigarrillo. El lugar era más desagradable de lo que recordaba. Con la radio a todo volumen, un hombre secaba copas detrás del mostrador. Me miró de reojo, receloso. Pero cuando me acerqué extendió el brazo indicándome una mesa alejada, contra la pared. Ahí me senté, y por señas le pedí un café mientras le echaba un vistazo al salón, buscando a Alcides y Asima. No estaban.

En ese café no había nadie. A cambio, alguien había armado una puesta en escena, poblada de caballos blancos de madera, enjaezados en mágicos colores que iban desde las bridas hasta las colas, gallardas y ampulosas. Los vi batallados, despatarrados sobre las mesas con los ombligos al descubierto, listos para el sacrificio. Bestias magníficas reposando de los galopes suspendidos en el tiempo y los interminables giros del carrusel infernal. Por el momento estaban a resguardo, lejos del "calesitero" y su endiablada bocha de sortijas. Al instante me identifiqué con ellos; yo también me hallaba sola y descartada.

Aquí no hay nada más que hacer, decidí. Me levanté y pagué mi cuenta en el mostrador. Antes de salir, me di vuelta para mirar la escena una vez más o cerciorarme de que continuaba allí. Los caballos seguían en la misma posición. Excepto uno. Recostado sobre la mesa más cercana había erguido su noble cabezota y me miraba. Caminé hacia él sin saber por qué lo hacía. No tenía sentido. Pero ya no importaba. Ese día dejaba atrás el orden y la prudencia. Con su ojo pintado de azul y marrón la bestia consignó una chispa dorada y un mensaje de comprensión que atravesó todo mi ser.

Conmovida hasta el tuétano, regresé a la panadería.

¡Cómo no se me había ocurrido antes! Para estas horas los hermanos ya habrían dispuesto que la alfombra mágica me llevara hasta ellos. Entré y esperé unos minutos.

La empleada me preguntó si quería llevar algo.

Yo la escuché pero encapsulada en un segmento de película sin sonido.

¿Por qué no aparecían ellos, así de repente, como lo hacían antes? ¿Por qué no me enviaban instrucciones, mensajes?

Finalmente le pedí un kilo de masas. Para mamá, para el té.

Me resistía a pensar que Alcides y Asima me hubiesen abandonado.

Pero el tiempo pasaba rápidamente y de largo, como decía papá.

Esperé un rato más. No hubo respuesta.

Mi desolación y desesperación iban en aumento.

Estoy remando contra la corriente, pensé. Todo lo que ocurría era una verdadera lástima. A los hermanos quería decirles dos cosas.

Una, que sabía, por fin, quién había traicionado a Mercedes.

Y la otra, que había tomado una decisión.

EPILOGO

En el salón de actos del colegio los adolescentes interpretan la versión coral de una vidalita pampeana y la voz de Mónica se eleva cristalina e impecable.

¡Qué orgullosa estoy de esta hija mía!, se confiesa la madre al retirarse del lugar. Ya en la calle se oye canturrear. «Se me ha pegado la tonada» dice, sonriendo. Con paso ligero continúa el regreso a la zona de Maipú mientras evalúa su situación, tan afectada estos últimos días por un desfile de acontecimientos oscuros y externos.

La tarde vacila agobiada por un cielo bajo y gris.

La mujer no parece notar el incipiente cambio meteorológico. Llega a una esquina de la avenida Libertador y caen las primeras gotas. Una lluvia pasajera, de primavera. Pero el aguacero arrecia y del lado del río aletea un viento frío. Ella no tiene con qué protegerse. Y la parada del colectivo está en la vereda de enfrente. Rápidamente se une a un grupo de personas que espera impaciente el cambio de luz del semáforo.

Se oye la frenada de un colectivo y los peatones corren a ver qué ha sucedido. El chofer del 60, gesticulando con desesperación trata de explicarse ante los testigos paralizados por el horror.

—¡Tenía la luz verde! ¿La vieron, no? No me dio tiempo de frenar. ¡Con esta lluvia! ¡Dios mío, qué desgracia! ¡Cómo pudo haber ocurrido!

El tránsito se detiene.

De uno de los autos desciende un hombre. Apresurado, se acerca al lugar del accidente.

–Permítanme pasar, soy médico –anuncia apartando a los curiosos antes de examinar a la persona caída sobre el asfalto.

–Me temo que ha sufrido un impacto terrible. No creo que sobreviva. Lo siento mucho. Por favor, que alguien llame inmediatamente a una ambulancia, y también a la policía. Habrá que hacer una identificación.

En medio de la confusión y de entre el abultado grupo de curiosos se adelanta una mujer alta y rubia. Sin decir palabra, recoge los efectos personales de la víctima desparramados por el suelo y se aleja del lugar.

–Señor, señor –llama un chico al médico. –Mire…esa señora que va por ahí ¡se está llevando algo!

–Ah, sí…ya veo. Es un maletín de enfermera –confirma el médico.

Agradecimiento

A mis interlocutores y amigos por su afecto, estímulo y confianza:

✝ Josefina de Anchorena Udaondo
Miriam Ascúa
Carlos N. Broullón
Pablo Martínez Burkett
Blanca Miosi
Elba y Hugo Riffel
V.B.
La Cumbre (Córdoba), 2015

www.ingramcontent.com/pod-product-compliance
Lightning Source LLC
Chambersburg PA
CBHW021041130626
46552CB00005B/1961